2023. 4.

애니

애니

도진기

위즈덤하우스

생이 끝나려 하고 있었다. 기사도 비서도 사장님이 요즘 유달리 피곤해한다고만 여겼지만, 동한 자신은 알고 있다. 그저 지친 게 아니다. 마지막 불꽃이 타들어가고 있다. 동한은 뒷좌석에 몸을 묻고 가쁜 숨을 몰아쉬었다. 기사가 돌아보았다.

"사장님, 괜찮으세요?"

무심한 눈에는 말과 달리 한 줌의 걱정도 묻어 있지 않다.

"응. 그냥 좀 피곤할 뿐이야."

기사가 차를 조심스레 세웠다. 동한은

내리기 전 롤스로이스 팬텀 차창에 비친
자신을 잠깐 보았다. 세상 모든 것에 이겼지만
세월에 진 남자의 얼굴이 그곳에 있었다. 안경
쓴 샌님이었던 청년이 이렇게 변했군.
이제 곧 노년이다. 역시 마음에 들지 않아.
늙는다는 건.

　기사의 말소리가 들렸다.

　"사장님, 근데 지금 이 별장에는 아무도
없습니다. 지금이라도 관리인 부를까요?"

　동해안에서 멀지 않지만 절묘하게 묻혀
세속과는 동떨어진 곳이었다. 10여 년 전
동한이 강원도를 돌다가 마음에 들어 부지를
매입하고 직접 지은 별장이었다. 그만큼
애착도 크다. 세상은 알지 못하는 동한의
숨은 안식처였다. 이날은 오면서 아무에게도
알리지 말도록 했다. 기사는 그게 이상한
모양이었다.

　"괜찮아. 잠시 혼자 있고 싶어서 그래."

동한은 차에서 내린 다음 별장에 딸린 주차장으로 걸어갔다. 리모컨을 누르자 지잉 하며 셔터가 올라갔다. 모습을 드러낸 건 궁극의 슈퍼 바이크 두카티 슈퍼레제라 V4. 전 세계 한정판 500대 중 한 대가 이곳에 있다.

동한은 시동을 켜고 두카티에 올랐다. 헬멧은 쓰지 않았다.

느낌이 좋아. 역시 좋은 선택이었어.

동한은 별장 밖 도로에 접어들자마자 바로 액셀을 당겼다.

위이잉. 바람 소리가 귀를 때렸다. 두카티는 해안으로 이어진 도로를 빠른 속도로 달리기 시작했다. 노년에 접어든 남자가 빨간색 슈퍼 바이크에 올라 헬멧도 쓰지 않고서 질주하는 모습은 어딘가 현실성이 없어 보였다.

극한의 속도와 달리 동한의 얼굴은 편안했다.

어릴 적 꿈 하나를 이제야 이뤘어.

오자키 유타카의 〈15세의 밤〉에 나오는 '훔친 바이크로 달려나간다'라는 구절은 어린 동한을 사로잡았었다. 소위 모범생이었고, 그래서 한 번도 그래보지 못했지만, 노래를 들을 때마다 두근거렸고, 매혹되었다. 이유도 없고 설명도 없는 그 반항. 그 매력.

성공한 사회인으로서 많이 누렸지만 그에 따른 대가도 컸다. 따라붙는 온갖 관심, 제약, 도덕, 질시, 눈초리들. 남자의 사춘기는 끝나지 않는다고 했던가. 동한은 자신을 철조망처럼 친친 옭아매고 짓누르던 틀을 전부 벗어던지고 중학교 2학년생처럼 달려나가고픈 마음이 늘 한구석에 있었다.

이제 그럴 수 있을 것 같다. 바로 이날. 롤스로이스 뒷좌석을 버리고 두카티에 올랐다. 헬멧도 없고 제한속도도 없다. 갈림길에서도 감속하지 않는다. 비록 훔친

바이크는 아니었지만, 마침내 속박을 깨고 끝을 향해 달려나가는 그의 얼굴에는 환희가 피어올라 있었다.

길었어. 그리고 만족스러운 인생이었어. 푸르디푸른 동해 바다가 보였다. 마치 스크린 같다. 그 위로 생의 장면들이 주마등처럼 흘러갔다.

성공하겠다는 꿈 하나로 모든 것을 걸고 달려왔던 청년 김동한. IT 붐을 타고 기회를 잡았고, 회사는 급성장, 주가는 상장 후 60배 뛰었다. 단숨에 한국 검색엔진 업계의 스타 CEO로 등극했다. 이후로도 헤아릴 수 없는 성공 신화를 썼고, 언론과 대중은 늘 그를 주목했다. 친하던 기업인이 불미스러운 사건에 연루되어 돌연 교도소에 가는 모습도 많이 보았지만, 동한은 수사를 받기는커녕 송사에 휘말린 적도 없었다. 능력도 운도 참 좋았던 인생이었어. 가정은…… 뭐 그저 그랬지만, 아무래도 다 가질 순 없겠지.
전체를 두고 보면 불만은 없어.

어느 때부턴가 사는 게 판자처럼
편편하고 딱딱했다. 자극도 없고, 흥미도
없고, 맛있는 것도 없고, 영화도 골프도
재미가 없었다. 다 이룬 자의 권태. 그것이
그렇게 급속도로 어떤 의지를 집어삼킬
줄은 몰랐다. 마치 블랙홀과 같아서, 온갖
종류의 정신 에너지를 바닥까지 삭삭 긁어
빨아 당겼다. 그러다 마침내 삶의 의지마저
삼켜버렸다. 마치 죽은 나무 같았다. 그렇다면
죽어야지. 방아쇠를 당긴 사건이 한 달 전
있었다. 불치병 진단을 받았다. 주변의 아무도
몰랐지만. 동한은 결심했다. 그리고 이날
이곳으로 왔다.

바람을 온몸으로 맞으며 동한은 흐뭇하게
웃었다. 이 순간이 좋아. 난 어릴 때 꿈을
이루려 하고 있어. 병은 치료받으면 꽤 버틸

수 있다고 했지만, 왠지 그러고 싶지 않았어.
노인이 되어 이길 수 없는 온갖 병으로
몸부림치다가 결국 저세상으로 가고 마는
초라한 끝이 싫었어. 그건 마치 죽음에 지는
것 같잖아? 늘 생각했지. 마지막에는 고성능
바이크를 타고 미친 듯 달리다가 절벽에서
뛰어내리는 거야. 그렇게 끝내고 싶다고
말이야.

　해안 길에 다다랐다. 오른쪽으로 급하게
굽은 도로가 보였다. 검은 바다가 바로
눈앞이었다. 동한은 핸들을 틀지 않았다.
액셀을 끝까지 잡아당겼다. 풀 스로틀.
손가락이 팽팽했다. 두카티는 울컥, 하더니
내달렸다.

　시원해. 생의 마지막 순간에야 자유를
얻었군.

　다 이루었어.

❖

"인생은 유한합니다. 그것이 모든 비극의 시작이죠. 만악의 근원입니다. 저주받아 마땅한 우리의 운명입니다. 지금까지 세상에 살았던 인류, 500억 모두가 한 명도 빠짐없이 생을 갈구했습니다. 목이 턱턱 멜 만큼 간절히 말이죠. 가진 것 전부를 바쳐서라도 죽음을 피하고 싶어 했습니다. 하지만 아무도 성공하지 못했죠. 그것은 그야말로 꿈. 백일몽. 구름. 도저히 이룰 수 없었습니다. 그 때문에, 그 애절한 마음을 달래려 포기와 비움의 철학 같은 것들이 태어났습니다. 어차피 가질 수 없는 것, 차라리 잊어버리자고도 했습니다. 잊는다고, 보지 않는다고 없어지는 건 아닌데 말이죠. 어떤 죽음이 좋은 것인가 같은 책이 팔리고, 발버둥 치지 말고 죽음을 맞이해야만 아름답다며 최면을 걸기도 합니다. 심지어 죽음이 축복이라는 희대의 헛소리마저 나오고 있습니다. 하지만 이 모든 것은 결국 한마디로 축약됩니다. 위로. 그저 허망한 위로인 것입니다. 피할 수 없는 종말을 외면하고 짧은 현생을 어떻게든 이어보려는 환각제에 불과하죠.”

남자의 장광설이 이어지고 있었다. 대체 무슨 소리지? 저 사람은? 비대한 몸집을 가진 초로의 남자. 목소리가 친근하고, 인상이 좋다. ……그러고 보니 기억에 있는 듯도 하다. 아는 사람 같아. 하지만 머릿속이 뿌옜다. 누구였더라? 여기는 어디? ……시간이 필요해. 동한의 눈빛이 흐리멍덩했다. 하지만 남자는 아랑곳하지 않고 말을 이었다.

“물론 그렇다고 인간이 완전히 두 손을 들었다고는 못 합니다. 인류라는 종족은 놀랄 만큼 대단한 생물입니다. 인간도 동물이라고는 하지만, 어떻습니까.

흙탕물에서 이리저리 뒹굴다가 만만한 놈
잡아먹고 배부르면 드러눕는 동물들과는
비교할 수 없는 문명을 이루었죠. 도시를
건설했고, 학문, 음악과 미술, 제도를
만들었습니다. 눈에 보이지도 않는 양자의
움직임을 포착하고, 빛이 몇억 년을 달려도
이르지 못하는 곳의 별 소식도 알고 있습니다.
지금 인류가 하는 일 상당수는 불과 수백
년 전만 해도 인류 자신조차 신이 하는
일이라고 생각했던 것들이에요. 어쩌면 이
종족은 실제로 곧 신이 될지 모릅니다. 현재의
과학무기는 제우스의 번개를 능가합니다.
헤라클레스도 레일건 한 방이면 끝날 겁니다.
과학은 신의 영역을 침범하고 있습니다.
기술로 죽음조차 정복해버릴지도 모릅니다.
아니, 저는 꼭 그러리라고 믿고 있습니다.
인류가 거기에 도달하지 못할 이유가
있을까요? 다른 모든 것들은 다 이루었습니다.

원자탄으로 세상을 한순간에 멸망시킬 수도 있습니다. 그 반대는 안 될까요? 죽음만은 넘어서지 못할 필연적 이유가 있습니까? 이 세상이 신이 만들어낸 거라서, 그분이 '여기까진 안 돼!' 하며 어떤 리밋을 걸어놓은 게 아니라면, 죽음 따위가 뭐라고, 그깟 생로병사가 뭐 그리 대수이기에 바꿀 수 없겠습니까?

하지만 슬프게도 아직, 아직인 것입니다. 현재의 의료 수준으로는 영생은 불가능합니다. 혹시 조금만 더, 몇 발짝만 더 내디디면 극복할 수 있는 건 아닐까? 죽음의 정복도 목전에 두고 있는 건 아닐까? 그런 기대감으로 저는 현재의 의학 수준을 샅샅이 들여다보았습니다. 그리고 결론 내렸습니다. 슬프게도, 적어도 제가 살아 있는 동안에 인류가 그 수준에는 도달할 수 없다고 말이죠. 안타까웠습니다. 한탄했습니다. 아아, 내가

100년만 늦게 태어났다면. 발전된 의학으로 영생에 한번 도전해볼 만했을 텐데. 그러다 곧 그 생각을 지웠습니다. 100년 늦게 태어난 건 '나'가 아니라 다른 개체겠죠. '그 정자'와 '그 난자'가 결합하여 그날 그 시각에 만들어지고 태어난 게 바로 '나' 아니겠습니까. 그러니 내가 좀 일찍 태어났다면, 늦게 태어났다면 하는 가정 자체가 엉터리죠. 그건 제 형이나 동생이지, 저는 아닐 테니까요. 그리고 무엇보다, 아무튼 저는 지금을 살고 있지 않습니까. 그러니 100년 뒤에 태어날걸, 하는 한탄은 시간 낭비 외에는 아무런 의미도 없는 거죠. 그래도 미련이 있었습니다. 지금, 현재 단계에서 무엇을 할 수는 없을까? 꼭 신체의 영속만이 영생은 아니지 않나. 지금, 다른 형태로 영생을 거머쥘 방법은 없을까. 오래 고민했습니다. 몸의 영생이 불가능하다면, 영생 비슷한 것을 구현할 수는 없을까,

하고요. 현재의 기술로 가능한 한도에서 말이죠."

남자는 동한에게 말하고 있지만 딱히 동한에게 말하는 것 같지 않았다. 기쁨에 차 터져 나오는 말을 주체 못 하는 모습이었다. 마치 어떤 신탁에 도취되어 중얼거리는 사제 같았다. 동한은 일어나려 했다. 하지만 그러지 못했다. 머리가 어딘가에 꽉 끼어 움직일 수 없다는 걸 깨달았다. 남자가 팔을 뻗어 동한의 어깨에 가볍게 손을 댔다.

"이런, 제가 성공에 너무 기쁜 나머지 배려를 못 했네요. 아직은 몽롱하시죠? 꿈인지 현실인지. 아니 여기가 대체 어딘지도."

꿈인지 현실인지? 아…….

그제야 조금씩 기억이 되살아났다.

꿈이었어. 아주 긴 꿈. 한 남자의 일생이 통째로 꿈이 되었어. 자그마치 60년의 꿈. 마치 직접 겪은 일처럼 생생하면서 아련했다.

스스로 마무리 지은 삶이지만 벌써 그리웠다. 멋진 시간이었어. 기업 CEO로서의 삶은.

좋은 꿈이었어. 아쉬움은 없었다. 행복한 꿈 뒤에는 깨지 않았더라면 하는 기분이 남지만, 이 꿈은 달랐다. 꿈에서 생을 마감했으니까. 마지막까지 보고 말았으니까. 어차피 더 이어질 수가 없다.

맞아. 지금 말하고 있는 남자, 금사원 박사는 정말 말하기 좋아했어. 지긋지긋할 정도로. 혼잣말 같은 걸 대화랍시고 하는 사람이었지. 하지만 실험대에 누운 동한은 꼼짝없이 들을 수밖에 없었다. 몇 번이나 들은 그 이야기를. 지난 삶의 여운을 차분히 음미할 시간도 주지 않고 금사원 박사의 말이 지분지분 뱀처럼 이어졌다.

"그러다 퍼뜩 생각했습니다. 인간에게는 오묘한 현상이 있습니다. 바로 '꿈'이란 것입니다. 이게 도대체 뭘까요. 잠들었을 때

보는 그 엉뚱한 세상은 무어란 말입니까. 그 메커니즘이나 원리가 속 시원히 규명되지는 않았습니다만……."

"그러니까."

동한은 참다못해 금사원 박사의 말을 잘랐다.

"그 꿈을 기술로 만들어내신 거 아닙니까? 아주 긴 꿈을요."

금사원 박사는 동한이 자신의 대사를 가로챈 것에 불만인 듯한 표정을 잠깐 짓고는 말했다.

"용어가 엄밀하지는 않네요. 꿈을 만들었다는 건 정확한 이해가 아닙니다. 제가 고안한 특별한 프로그램을 뇌간과 뉴런에 직접 다중 연결 해서 꿈 비슷한 현상을 뇌가 일으키게끔 만들어준 겁니다. AI가 뇌를 부분적으로 통제해 프로그램대로의 꿈 형상을 경험하게 하는 거죠. 가상현실을 'Virtual

Reality', 'VR'이라고 하는데, 굳이 말하자면 가상의 꿈이니까 'Virtual Dream', 'VD'라고 불러도 되겠군요. 그게 싫으시다면 증강 현실, 즉 'Augmented Reality', 'AR' 대신에 'Augmented Dream', 'AD'라고 불러도 좋겠습니다."

동한은 금사원 박사를 슬쩍 추켜세웠다.

"놀랐습니다. 어떻게 그렇게 실제로 한 인생을 산 것처럼 길게 만들 수 있죠? 정말 전 IT 기업 CEO 김동한으로 꽉 찬 60년을 살았습니다. 절대 생략되거나 시간을 건너뛴 인생이 아니었어요. 매일 아침 이를 닦고 밥 먹고 하는 일상도 실시간으로 겪었습니다."

금사원 박사는 동한의 머리에서 기기와 연결된 선을 제거하며 뿌듯한 표정을 지었다.

"그러니까 아까 말씀드렸잖습니까? 내 목적은 꿈 그 자체가 아니라, 영생, 아니 영생에 가까운 무엇이라고. 우리가 수시로 꿈을 꿀 때마다 한평생을 살게 된다면 우리의 현생은 사실상 얼마나 길어질까요? 만약 매일 밤 꿈에서 60년, 아니 70~80년의 삶을 온전히 다 겪는다면 우리 생은 사실상 거의 무한에 근접할 만큼 늘어나겠죠. 그 목적을 위해 이 특별한 프로그램을 만든 겁니다."

한 번의 꿈이 한 번의 삶인 프로그램을 뇌에 이식한다……. 동한은 금사원 박사의 제안을 들었을 때 두 번 생각지 않고 응했다. 두려움은 없었다. 실험에 참가하는 대가로 지급되는 돈이 탐나기도 했지만, 어떻게 되든 지금보다 못한 인생은 없다고 생각했으니까.

김동한은 어디서나 볼 수 있는 흔한 남자였다. 보통 키에 안경 쓰고 소심한 인상. 남한테 피해를 주며 살아오지 않았지만 그렇다고 남들이 인정해주지도 않았다. 그는 꿈속에서는 성공했지만 현실에서는 단칸방에서 지내며 갖가지 아르바이트로 생계를 이어가는 30대 남자였다.

어렸을 때는 글도 잘 쓰고 공부도 곧잘 해서 똑똑하다는 얘기도 들었다. 서울에 있는 4년제 대학에 들어갔을 때는 오즈의 세상처럼 노란 벽돌 길이 앞에 깔린 줄만 알았다. 국문학과는 순전히 좋아서 선택했다. 하지만 2학년이 되자마자 후회했다. 취업이라는 현실이 눈앞에 있었다. 문학은 밥과는 가장 거리가 멀었다. 결국 먹고살기 위해 교직과목을 이수했고, 교사 임용 고시를 치렀다. 그러나 연전연패. 이 길이 아니라고 생각한 동한은 노량진으로 거처를 옮기고 공무원 시험에 도전했다. 하지만 역시 탈락. 두 번 만에 시험공부를 중단하고 아르바이트를 시작했다. 학원비를 번다는 명분이었지만 마음으로는 시험과 작별을 고하고 있었다. 진득하지 못한 동한에게는 도저히 넘을 수 없는 벽이었다.

세상은 화려했다. 모두가 아이스크림

성 안에 살고 있었다. BMW, 호캉스, 유럽 여행, 오마카세……. SNS는 동시대를 사는 타인들의 행운을 알게 해주었다. 몰랐으면 좋았을 것이었다. 그것은 동한을 더 비참하게 했다. 나아지리라는 희망이 없었기에 더 그랬다. 정규직이 될 가능성이 점점 줄고 있는 비정규직. 창문 너머로 세상을 구경만 하는 인생. 댓글에서는 모두를 심판하는 대법관이었지만 키보드에서 손을 떼면 조그만 존재로 돌아갔고, 허망했다. 80살이 될 때까지 이렇게 산다? 그게 무슨 삶이란 말이야. 무슨 의미가 있어?

동한이 실험을 승낙하자 금사원 박사는 크게 기뻐했다. 지금까지 네 명에게 제안했는데 모두 거절했다고 한다. 하긴 콘셉트부터 황당하다. 평생의 꿈을 꾸게 한다니? 그러다 영영 못 일어나면? 뇌에 이상이라도 생기면? 혼자 장광설을 퍼붓는

괴짜 같은 박사의 존재부터가 믿음이 안

갔으리라. 게다가 검증되지 않은 듣도 보도

못한 기계에 자신의 뇌를 연결해서 맡긴다?

지킬 게 조금이라도 있는 사람이라면 선뜻

응할 리가 없다. 하지만 동한은 응했다.

어차피 지금의 생활에 애착은 없다. 더 나빠질

게 무어냐.

　　박사는 바로 실행에 들어갔다. 대학

부속의 연구실이 박사의 무대였고, 그

안에서 실험이 진행되었다. 정서윤이라는

30대 초반의 조교가 그를 도왔는데, 그녀는

친근하지도 차갑지도 않았다. 자신의 존재를

지우고 철저히 박사의 연구를 돕는다는 느낌.

　　"안녕하세요. 김동한이라고 합니다."

　　"실험대에 누우세요."

　　서윤은 인사도 받지 않은 채 마치

컨베이어 벨트를 돌리는 기계처럼 안내만 할

뿐이었다. 동한은 조금 위축되는 걸 느꼈다.

서윤은 박사가 지시하는 대로 동한의 머리에 AI와 연결되는 헬멧 비슷한 장치를 씌웠고, 동한은 잠들었다. 그러고는 60년의 시간을 보내고 깨어났다. 그런데 잠들기 전의 일들이 이상하리만치 생생하게 기억났다. 60년을 건너뛰었음에도 바로 '어제' 잠들었다는 느낌이 확실히 있었다. 이 또한 60년의 생이 리얼이 아니라 결국은 꿈이기 때문일까. 금사원 박사도 말했다.

"60년을 사셨다고 하는데, 동한 씨가 실제로 잠들었던 시간은 여덟 시간 남짓이었습니다. 그중에 꿈이 진행된 건 여섯 시간이었고요. 보시다시피 저곳에 기록되어 있지요."

박사가 가리킨 곳에서 에어컨만 한 기계가 윙윙 소리를 내고 있었다. 기계는 동한의 머리에서 떨어져 나간 헬멧과 연결되어 있다. 저것이 AI. 긴 꿈을 주입하여

변칙적인 영생에 도달하려는 금사원 박사의
집념이 만들어낸 괴이한 연구의 결정체. 여섯
시간을 60년으로 늘려주는 기적의 기계.

"AI는 실시간으로 기록되고 체크됩니다.
그래서 정상 작동 되었다는 건 분명히
확인됩니다. 하지만 직접 겪은 사람의 느낌은
데이터만으로 알 수 없지요. 어떻습니까,
동한 씨. '성공'을 프로그래밍한 이번 인생은
만족하셨습니까?"

"물론입니다. 너무 좋았어요. 꿈같은,
아니, 정말 꿈이죠. 멋진 인생이었습니다.
끝까지 더할 나위 없었어요."

두카티를 달려 해안 절벽으로 뛰어내린
생의 마지막이 또렷하게 기억에 남아 있었다.
금사원 박사는 동한의 대답에 활짝 웃었다.

동한은 끄응 하며 몸을 일으켰다.
컴퓨터와 연결한 선이 들어간 목 뒤쪽 상처가
아파왔다. 팔을 뒤로 돌려 슬슬 어루만졌다.

박사가 말했다.

"걱정 마십시오. 그 정도 상처는 금방 아물 겁니다."

금사원 박사의 실험 제의에 응하기를 잘했어. 박사의 자랑 섞인 설명을 반복해서 듣는 건 고역이지만 성공한 김동한으로 60년을 살아보는 황홀한 인생의 대가라면 얼마든지 감수할 수 있어.

"저는 이 프로그램을 '프레디'라고 부릅니다. 웃으실지 모르지만, 20세기의 유명한 공포 영화 〈나이트메어〉 시리즈 아시나요? 꿈을 지배하는 악령, 인간을 무차별적으로 꿈으로 끌어들이고는 마음대로 꿈을 조작하여 살해하는 악마가 바로 프레디죠. 어떻습니까? 섬뜩하지만 우리 AI와 닮지 않았나요?"

"네⋯⋯. 좋네요. 프레디."

"여기서 또 좋은 점은 이것이죠. 미리

프로그램을 입력한다고 하지만 상대는 컴퓨터라는 깡통이 아니라 인간이라는 겁니다. 여기에 커다란 변수가 있습니다. 인간의 뇌는 지극히 독자적이고 개별적이죠. 뉴런의 그 무한한 연결이 만들어내는 오묘한 조화. 어떠한 AI도 거기까지는 이를 수도 없고 알아낼 수도 없습니다. 말하자면 '성공하는 인생'을 프로그래밍한다고 해도, 프로그램이 특정한 개인을 만나면 그 인간만이 가진 독자적인 경험, 성격, 취향에 따라 꿈의 내용은 천차만별이 되는 겁니다. 그 사람이 가졌던 비주얼, 잔상 같은 것도 활용됩니다. 말하자면 파텍필립을 본 적이 없다면 꿈에서도 그 시계는 나올 수 없습니다. 반면에 파텍필립을 사진으로라도 본 적 있는 사람이라면 성공의 상징으로서 꿈 안에서 팔목에 그걸 두를 수 있는 거지요."

그렇군. 동한은 두카티 슈퍼레제라 V4

사진을 보며 군침을 흘린 적이 있었다. 그게 바로 조금 전 꿈속에 나왔지. 롤스로이스 팬텀은 실물로도 보았다. 다 등장했다. 꿈속의 현실로서. 박사가 이어 말했다.

"그래서 성공이라는 방향성은 그대로지만, 그 안에서 경험하고 만들어가는 인생은 너무나 다양합니다. 물론 밖에 있는 저도 어떤 것인지 알 수 없고, 우리 프레디라 하더라도 그 꿈이 어떻게 펼쳐질지는 예상할 수 없습니다. 어떤 개인을 어떤 상태로 만나느냐에 달린 거니까요."

"하긴 프로그래밍된 대로만 꿈이 펼쳐진다면 그저 아주 긴 영화를 보는 것과 다를 게 없겠죠. 아무튼 같은 프로그램을 입력한다 해도 사람마다 다른 꿈이 만들어진다니 다행이네요. 제가 누렸던 인생을 다른 사람은 알지 못한다는 거잖아요."

"그렇습니다. 그 개인이 가진 경험과

비주얼, 기억 자료 같은 걸 활용하는 거죠."

"그런데, 깨고 나니까 제가 CEO 동한으로 살았던 기억은 생생한데, 꿈 안에서의 동한은 제 원래 인생을 전혀 알지 못하더라구요."

"원래 꿈이 그렇잖습니까? 꿈의 리얼리티. 꿈을 꾸는 동안에는 꿈인 줄 알지 못하죠. 하지만 깨고 나면 우리는 그 꿈을 기억합니다. 그 세팅은 유지됩니다. 꿈의 기본적인 속성을 유지하도록 프레디를 설정해두었죠. 그래야 꿈이니까."

동한은 실험대에서 내려왔다. 운동화가 V 자로 놓여 있다. 어젯밤 실험대에 오르기 전 신발을 벗었을 때 V 자 모양으로 되었던 게 기억났다. 그게 더 실감을 주어 조금 서글펐다.

역시 그쪽이 꿈이었어.

CEO 동한이 비정규직 동한의 꿈을 꾸는 게 아니라.

동한은 60년의 인생을 약 여섯 시간에
걸쳐 금사원 박사에게 이야기해준 후에야
풀려날 수 있었다. 그건 박사의 실험에
참여하는 조건이었다. 동한의 경험 데이터.
그가 체험한 꿈 이야기를 프레디의 구동
기록과 비교해 체크하려는 목적이었다.
프레디가 이렇게 작동할 때, 어떤 장면이
나타났는지 하는 것들.

　"동한 씨는 최고의 실험체…… 아니,
최고의 연구 파트너입니다. 다음번 VD 체험도
준비되는 대로 곧 연락드리겠습니다."

　싱글벙글하는 금사원 박사의 인사를
뒤로하고 동한은 기괴한 실험실을 떠났다.

❖

　수민이 막 연립주택의 현관문을 열고
나왔을 때, 동한이 보였다. 어둑어둑한

모퉁이를 막 돌아 나와 터덜터덜 걸어오고 있었다. 수민이 있는 곳 바로 앞까지 왔는데도 알아채지 못했다. 생각에 빠져 있는 모양이다.

"무슨 생각 해?"

수민은 동한의 어깨를 툭 쳤다.

"어? 아."

동한은 그제야 수민을 알아보았다. 인사를 한답시고 한 것 같은데 발음은 시원찮고 눈빛은 멍하다.

"……퇴근했어?"

동한이 뱉은 것 중 알아들을 수 있는 말은 여기서부터였다.

"응. 나야 늘 정시 퇴근이지."

수민은 걸어서 15분 거리인 병원에서 직원으로 일하고 있다. 저녁 7시 퇴근이지만 예약 환자가 없으면 대개는 30분 정도 일찍 퇴근했다.

수민은 동한을 끌었다.

"편의점 가는 길인데 같이 가자."

"난 됐는데……."

"왜 매가리가 없어. 김밥이라도 사줄게."

수민과 동한은 길 건너 편의점으로
향했다.

이수민. 동한과는 중학교 동창이다. 작은
키에 평범한 인상. 시장에서 산 수수한 옷.
수민은 어떤 모임에서도 묻혔다. 어릴 땐
'조그만 게 뚝심 있다'는 말도 들었지만, '나는
주목받지 않는다'는 경험이 더 많이 쌓여갔고,
받아들이게 됐다. 수민도 굳이 돋보이려
안달하지 않았고, 그쪽이 편하기도 했다.
수민의 잔잔하면서 밍밍한 성격은 그렇게
만들어졌다. 그런 캐릭터이기에 동한과도
오래 친구로 지내왔을지 모른다.

동한과 수민은 남녀지만 남녀 사이가
아니었고, 앞으로도 그렇게 될 가능성은
없다. 늘 어딘가 굳은 듯한 동한이지만

수민 앞에서는 편한 모습이다. 두근거림이 조금이라도 있다면 절대 가능하지 않은 정도로. 그걸 알기에 수민도 동한에게 다른 기대는 하지 않았다. 이날처럼 편의점 앞 간이 테이블에 앉아 김밥을 오물오물 먹는 동한을 보며 느끼는 감정은 조금 달랐지만 적어도 겉으로는 그랬다. 수민이 바나나 우유에 빨대를 꽂아 건네며 말했다.

"천천히 먹어. 굶었어?"

"갑자기 배고프네. 고마워."

동한은 우유를 한 모금 쭉 빨았다.

"어딜 갔다 오는 길이야? 알바 시간도 아닌데."

수민은 동한의 일정을 다 꿰고 있다. 아르바이트를 하는 요일까지도.

"한티대학교 연구실."

"거긴 왜?"

"금사원 박사란 분이 새로운 프로젝트를

한대. 거기 실험자로 지원했어.”

수민은 작게 한숨을 쉬었다.

“너도 참 별거 다 한다. 어떤 실험인데?”

“자는 동안 꿈을 실험하는 거야.”

“꿈? 어떻게?”

“뇌에 뭔가 잔뜩 연결해서 하는데, 자세한
건 나도 몰라.”

“위험한 실험은 아니구?”

“조금 위험하긴 해.”

“어떻게 위험한데?”

“살려고 하는 실험인데, 사는 게 더
싫어져서 위험하달까.”

CEO 인생을 막 끝낸 현실의 동한은 손에
쥔 삼각김밥을 물끄러미 바라보고 있었다.

“사는 게 어떤데. 뭐가⋯⋯.”

말하던 수민은 끝을 얼버무렸다. 설득력
있는 말이 나오지 않았다. 무거워진 분위기를
깨려는 듯 동한이 고개를 들고 웃으며 말했다.

"맞아. 수민이가 있지. 넌 늘 나를
도와줬잖아."

"내가 뭘."

수민은 생각했다. 역시 동한의 이런
점이 좋다고. 정작 동한 본인은 남에게 손을
내밀어놓고도 잊어버렸다. 남한테 받은
것만을 기억했다. 동창생들은 동한이 조금
어리바리한 친구라고 여겼고, 여자들은
관심을 주지 않았다. 하지만 수민한테만은
동한의 좋은 점이 보였다. 똑 부러지고 손해
없이 사는 친구들은 많아. 하지만 동한이처럼
허술하지만 선의를 가진 친구는 드문데? 물론
전자는 멋지지만 후자는 덜 멋져. 그래도
수민은 친구들이 동한의 장점을 못 본 척하는
게 의아했다.

수민이 동한에게 관심을 둔 계기는
따로 있었다. 중학교 국어 시간, 가족을
주제로 시를 써 오라는 숙제가 있었다. 시가

좋다며 선생이 동한을 단상에 올려 읽게
했다. 쭈뼛쭈뼛하며 동한이 시를 낭송했다.
더듬대는 모습에 친구들은 웃었지만
동한의 주변에 어떤 아우라가 생겨나는
것을 수민만은 보았다. 뜻밖의 세련된 운율,
거기에 얹은 소박한 음성, 머쓱해하는 표정.
눈빛. 모든 것이 하나의 힘이 되어 자석처럼
수민을 끌었다. 아이돌 뮤지션의 멋진
무대나 마찬가지였다. 그처럼 눈부신 시간은
다시 오지 않았지만 지금껏 동한을 믿는
동력이 되었다. 언젠가는 날아오를 거야.
한순간일지라도, 평생 한 번이라도 그렇게
반짝반짝 빛날 수 있는 사람은 많지 않거든.

　한번은 수민이 무심한 동한의 관심을
끌어보려고 어떤 남자가 자신을 스토킹한다고
거짓말한 적이 있었다. 장난이었는데, 동한이
진지하게 몰입하고 화까지 내는 바람에 밝힐
기회를 놓쳐버렸다. 급기야 동한은 수민을

데리고 경찰서에 가서 총포 소지 허가를
받게 하고는 전기충격기를 자기 돈으로 사서
수민에게 안겼다.

"이상한 짓 하면 바로 써. 정당방위래."

걱정이 가득 담긴 동한의 눈빛에
수민은 그저 고개를 끄덕일 뿐이었다.
아이러니하게도 전기충격기라는 그 찬 흉기가
동한의 따뜻한 마음을 느끼게 해주었었다.

하지만 참 둔한 친구야.

민망한 기억이 떠올랐다. 동한과 같이
로맨스 영화를 보러 간 일이 있었다. 그나마
수민이 표를 끊어놓고서, "아아, 친구가
영화 약속 펑크 냈어. 너 대신 갈래?" 했던
거였다. 객석이 어둠에 잠기고 달콤한 음악이
흘러나오는 장면에서 수민은 머리를 기울여
슬쩍 동한의 어깨에 기댔다. 몽롱하고 좋은
기분도 잠시, 동한은 꿈틀꿈틀하더니 상체를

위로 꼿꼿하게 세웠다. 그 탓에 어깨에 기댔던 수민의 머리는 자연스럽게 흘러내리고 말았다.

불이 켜지자 두 사람은 아무 일 없었던 듯 예전의 친구 사이로 돌아갔다. 동한이 자세를 바로잡다가 그렇게 된 건지, 아니면 수민의 머리를 털어내려고 그랬는지는 알 수 없다. 아무튼 가까워지려는 수민의 작은 시도는 수포로 돌아갔다. 민망하고 부끄러웠다. 이 인간이! 다시는! 하며 이불을 차보지만 어쩔 수 없다.

김밥을 다 먹은 뒤 수민은 동한을 따라 그의 집으로 향했다. 밥을 먹고 나면 집에 가 커피를 마시는 건 두 사람의 일상에 가까웠다. 동네에 이디야가 있지만 들르는 일은 드물었다.

동한이 이날 내려준 커피는 맛이

독특했다. 아니, 독특하다기보다 거의 커피의 맛이 아니었다. 시큼한 맛이 압도해서 식초를 커피에 부은 게 아닐까 싶을 정도였다.

수민이 머그잔을 다 비웠을 때, 동한이 커피콩 봉투를 들여다보더니 앗, 하며 말했다. 실수로 유통기한이 한참 지난 걸 탔어. 그러고는 수민을 돌아보고 말했다.

"맛이 되게 이상했을 텐데. 왜 다 마셨어……."

미안함에 말끝이 내려가 있었다.

수민은 마음으로 대답했다.

네가 마시라고 타준 거니까.

❖

수민이 돌아간 뒤 동한은 4평 월세방 이불 바닥에 팔베개를 하고 누워 꿈을 떠올렸다. 연구실에서는 금사원 박사의 객담을 듣고

맞장구쳐 주느라, 돌아오는 길에는 수민을
만나는 통에 꿈을 찬찬히 음미하지 못했었다.

상류층 인생, 성공의 꿈은 멋있었다.
비루한 현실에서는 결코 도달하지 못할
초고층 빌딩에서의 삶. 꿈이라고 하지만
자신은 꿈인지 알지 못했고, 다른 누구도 아닌
김동한으로서 이 몸과 이 기억, 이 느낌으로
60년을 살고, 누렸다. 명성과 안락을 선사한
금사원 박사와 프레디에게 이루 말할 수 없이
고마운 마음이었다. 정말, 박사의 말대로
'거의 영생'도 가능할 것 같다. 매일 밤 꿈에서
한평생을 살 수 있다면. 그것도 '성공한 인생'
같은 좋은 걸 골라잡으면서.

"아직 빅데이터가 충분히 모이지
않았습니다. 선택의 폭은 그리 넓지 않지만
앞으로 꿈의 종류는 늘어갈 겁니다."

박사는 말했었다. 하긴, 꼭 종류가 많을
필요는 없다. '성공' 프로그램을 여러 번

돌려도 좋다. 프레디는 가변적인 인간의 뇌와 교류하며 진행한다고 했다. 사람마다 다르게 경험한다고 했다. 그렇다면 동일인이라도 프로그램에 들어갈 때의 기분이나 상태, 지식과 경험에 따라 꿈은 달라질 것이다. 오자키 유타카의 〈15세의 밤〉을 듣고 감명받은 소년 김동한은 그런 마지막을 택했지만, 잠에 들기 직전에 폴킴의 〈모든 날, 모든 순간〉을 들었다면 조금은 더 따뜻한 마지막을 맞이했을지도 모른다.

따뜻한 마지막?

……그래, 그랬었구나.

동한은 문득 이유를 알 것 같았다. 꿈에 불만은 없었다. 하지만 꿈을 떠올리면 마음 저 밑바닥에 이유를 알 수 없는 근원적인 허전함이 감돌았었다.

'온기'가 없었기 때문이었어.

멋진 인생에 당연히 있을 거라 기대했던

그것.

프레디에 들어가기 전, 돈과 성공을 꿈꿨지만 다 이루고 보니 도달한 것은 궁극의 행복이 아닌 권태였다. 세상 모두가 CEO 김동한을 주목하고 관심을 퍼부었지만 그 안에 사랑은 없었다. 한 줌의 따뜻함도 없었다. 그는 오직 실용적인 인물로만 기억되었다. 그는 돈과 사업으로 유명했지 즐거움을 주는 사람이 아니었기에 대중도 그를 즐겁게 보지 않았다. 그에게 사랑을 줄 가족은…… 그저 그랬다. 아니, 솔직하게는 최악이었다. 아내는 매정했고, 자녀들은 망나니였다. 성공의 병풍 같은 존재들. 아마도 '돈과 성공'에 최적화된 프로그램이다 보니 가족은 현실의 김동한이 그대로 살았더라면 가졌을 모습이 드러난 것 같다.

아니야. 이건 왠지 아니야.

동한은 고개를 저었다. 그러고는 자리에서

몸을 일으켰다.

　허전해. 돈과 성공은 맛보았어. 그걸로
되었어. 현실에서 너무 간절한 것들이었지만,
마음을 채워주지 못했어. 동한은 자신을 조금
더 알게 된 듯한 기분이었다. 스스로 원한다고
생각했지만 어찌 보면 세상의 유행을 따른
것이었어. 사람들이 돈, 돈 하니까 나도 그게
제일이라고 생각했고, 그걸 추구하는 게
당연하다고만 여겼어.

　하지만 돈이란 건 그랬다. 어느 정도에
도달하면 그 이후로는 한계효용이 한없이
감소해버렸다. 개인차가 있겠지만 동한의
경우에는 한 30억 정도를 가졌을 때부터였던
것 같다. 동한의 욕망 치에는 그 정도가 손에
들어오니 돈에 관한 한 전혀 아쉽지 않았다.
먹고 싶은 걸 먹었고, 입고 싶은 걸 입었다.
그 뒤로 300억, 3000억을 갖게 되었지만
크게 달라지지 않았다. 열 배, 백배의 돈을

벌어도 만족감은 아주 근소하게만 올라갔다. 돈을 열 배 지불한다고 열 배 맛있는 음식을 먹는 게 아니었다. 돈을 펑펑 써도 일정 단계 이상부터는 스탯이 겨우 1, 2만큼씩 짜디짜게 올라갔다. 그러다가 종내는 '만렙'이 되어 성장을 멈추었다. 페라리나 한강 뷰 펜트하우스를 살 수 있었지만, 첫 차로 아반떼를 샀을 때보다, 조그만 빌라를 자신 앞으로 등기했을 때보다 기쁨이 훨씬 덜했다. 10킬로그램짜리 배낭을 메고 열차에서 자며 돌 같은 빵을 씹던 젊음의 배낭여행이 예순 살이 다 되어서 한 1억 원짜리 크루즈 여행보다 좋았다. 돈이 주는 효용은 일정한 기준을 넘으면 급속도로 퇴화한다. 적어도 동한에겐 그랬다.

성공, 명성? 그건 더 허망했다. CEO로서 인터뷰도 많이 했다. 원치 않아도 그의 사진은 웹에 수천, 수만 장이 뿌려졌다.

일거수일투족이 대중에게 주목받았다. 동한을
마트에서 보았다며 누군가 인스타그램에
사진을 올리면 뉴스가 되곤 했다. 그에
비례해 인생은 급속도로 위축되었다. 늘
주변에 누군가 있는지부터 살폈다. 하고
싶은 말을 하지 못했고, 외출할 땐 반바지도
입지 못했다. 강연 중에 객석에서 날아온
달걀을 맞고 "아, 이런 씨……!" 한 번 했다가
욕설을 했느니 안 했느니 구설에 올라 악플
세례를 받았다. 정치인과 밥을 먹었다가
뉴스에 나는 바람에 특정 진영으로 오해를
받아 고생하기도 했다. 물론 '성공'으로
프로그래밍된 인생이었으니 그런 일들이
파국으로 가지는 않았다. 하지만 매사에
쪼그라들고 조심하는 삶은 진정 별로였다.
대중이 원하는 말을 하고 대중이 원하는 옷만
입어야 한다. 살얼음판 위의 피에로. 성공과
명성의 대가로 이따위 새가슴 인생을 살아야

하다니…….

역시 난 사랑 쪽이 좋아.

동한은 생각했다. 내가 진정으로 원하는
건 필요 이상의 돈을 거머쥐는 것도 아니고,
대중의 스포트라이트도 아니었어. 역시 사랑,
멋진 여자와의 사랑이었어.

상상만으로 미소가 지어졌다. 짝을
만나고, 사랑을 주고, 사랑을 받는다는 것.
단순하고, 고전적이다. 어쩌면 그래서 이
팍팍한 현실에서 돈보다 귀한 재화인 거야.
하지만 돈보다 흔하기에 사람들은 외면하고
사는지도 몰라.

어렴풋한 기억이 떠올랐다. 그건
실제였다. 고등학교 1학년 때, 독서실에서
만났던 그 여고생. 같이 과자를 먹으며
나누었던 조그만 설렘. 잠깐의 만남. 그리고
그것이 끝이었다. 다시는 여자와 사귀는
일은커녕 두근거림도 없었다. 아니 10분 이상

남자와 여자의 대화를 나누어보지도 못했다.
수민이 있기는 하지만 성별이 여자일 뿐,
온전히 친구였다.

　연애를 하지 못한 이유가 물질이 없기
때문이라고 동한은 생각했다. 돈이 공장처럼
사랑을 찍어낼 수 있다고 믿는 건 아니었다.
다만, 돈은 사랑의 기초공사 같은 거여서 그게
있어야만 시작할 수 있다고 생각했다.

　간절히 돈과 성공을 바랐던 것도 결국 그
때문인지 몰라. 그걸 손아귀에 쥐면 여자를
만날 수 있을 거라 믿었기 때문에. 나를 속일
필요는 없겠지. 내가 간절히 원한 건 그런
거였어. 돈과 성공은 수단. 사랑이라는 마법을
얻기 위한 마나일 뿐. 그걸로 얻고 싶은 것은
결국 사람이었어. 사랑할 누군가가 필요했던
거야.

　프레디는 당연히 그런 프로그램도
가능하겠지? 그래. 이번에는 '사랑'을 하는

거야. 멋진 만남으로 가득 찬 인생.

생각만으로도 무지갯빛이 눈앞에
펼쳐졌다.

아아. 그 안에서 난 어떤 여자를 만나고
사랑하게 될까.

돈다발에 파묻혔던 CEO의 인생 60년보다
더 설레었다.

금사원 박사가 곧 연락한다고 했시.
이번에는 '연애'로 프로그래밍된 꿈을
입력해달라고 해야겠어. 사람마다 다른
꿈이라면, 내가 그리던 이상적인 여자를
만나고 사귈 수 있을 거야. 어떤 여자일까.

동한은 설렘을 안고 잠이 들었다.

이윽고 VD가 아니라 진짜 꿈이 찾아왔다.
그건 그다지 유쾌하지 못했다. 다행히,
VD와는 비교도 안 되게 짧았다.

❖

애니는 남학생들한테 둘러싸여 있었다.
애니는 동한을 보더니 밝게 웃으며 손을
흔들었다. 애니는 늘 빛이 난다. 남학생들은
애니를 비추는 조명일 뿐이다. 애니는 공물을
받는 사제, 혹은 무대에 오른 프리마돈나다.

그녀가 동한을 알아보고 환하게 미소를
지으며 목소리를 높여 인사하자 주변에 있던
이들이 동한을 돌아보았다. 그들의 눈에는
경계심을 넘어 질투 같은 것이 담겨 있다.
동한은 빙그레 웃었다.

탐욕에 찬 눈동자들. 너희가 애니를
원하는 걸 알아. 나한테 보이는 애니의 매력이
너희한테 안 보일 리가 없으니까. 하지만
너희가 호시탐탐 접근 기회를 노리는 저 여자,
애니를 나는 독점하고 있지. 애니가 남자
친구라고 부르는 유일한 남자. 그게 바로 나란

말이야. 동한은 승리자의 뿌듯함 같은 것을
느끼며 다가갔다.

　8개월 전, 억수처럼 비가 내리는
날이었다. 동한은 지하철역 입구에서
큼지막한 건물 모형을 들고 난감해하고
있었다. 그가 들고 있는 건 건축학과 조별
과제인 국제 교류관 모형이었고, 동한이
마무리 작업을 맡았다. 밤을 새워 완성했고,
조심조심 지하철을 타고 와 이제 곧 시작될
수업 시간에 달려가 제출할 참이었다.
그런데, 전철을 탈 때까지만 해도 말갛던
하늘이 거짓말처럼 변해 있었다. 어마어마한
비가 눈앞을 장막처럼 막아섰다. 우르르
쾅쾅. 멀리 천둥소리까지 들렸다. 낭패였다.
우산도 없다. 이대로 강의실까지 안고 달린다
해도 모형이 비를 홀딱 맞을 것은 불 보듯
뻔하다. 막 끝낸 도색이 엉망이 될 터였다.

친구들이 며칠간 온 힘을 합쳐 만든 결과물이 쓰레기가 될 판이었다. 곤두박질하는 학점과 조원들의 원망. 어떻게 감당하지? 눈앞이 캄캄했다. 우산도 없이 오면 어떡해! 상자에 넣어 왔어야지! 앞으로 너하곤 같이 안 해! 후회해보지만 늦었다. 비가 그치기를 하염없이 기다릴 수도 없다. 수업은 곧 시작이었다. 동한은 어찌할 바를 몰라 망연히 서 있었다. 사람들이 빠른 발걸음으로 멍하니 서 있는 그를 스쳐 지나갔다.

"같이 써요."

불쑥 여자 목소리가 들렸다.

돌아보니, 한 여학생이 커다란 우산을 기울이고 있었다.

"중요한 과제물 같은데, 가시는 데까지 가드릴게요."

"아, 네. 정말 감사합니다!"

동한은 너무 반가운 나머지 사양도 없이

넙죽 호의를 받았다. 그러다, 아차 싶어서
덧붙였다.

"바쁘실 텐데 괜찮으시겠어요? 제
강의실은 건축과라서 좀 먼데."

"괜찮아요. 저는 수업이 비어요."

그 여학생, 애니는 미소를 지었다.

동한은 웃옷을 벗어서 모형을 덮었고,
애니는 우산을 들고 걸었다. 한애니라는
이름을 이때 알게 되었다.

"이름이 예쁘네요."

"저도 맘에 좀 들어요. 외국인 같죠?"

"이국적이면서도 기억에 남아요."

동한은 걸으면서 힐끔 옆얼굴을 보았다.
아까 우산을 씌워줄 때까지만 해도 다급한
마음에 잘 몰랐는데, 무척 귀여운 외모였다.
동한이 좋아하는 동그랗고 뽀얀 얼굴.
반전의 탁성이 오히려 듣기 좋았다. 말투는
쾌활하지만 억세지 않다. 흰 블라우스에 통

넓은 슬랙스, 스니커즈는 자연스러우면서도
멋스럽다. 게다가 곤궁에 처한 자신에게
먼저 내밀어준 손. 마음도 무척 따뜻한 여자
같다. 이런. 여기서 이상형을 만나버렸네.
두근거리는 심장 소리가 세찬 빗소리에
감춰져서 다행이었다.

　"오늘 정말 덕분에 살았어요. 담에 제가 꼭
밥이라도 살게요."

　"거절하면 예의가 아니겠죠?"

　애니는 웃음을 덧붙이며 스스럼없이
휴대전화 번호를 알려주었다. 등 돌려 가는
애니의 왼쪽 어깨가 완전히 젖어 있는 것을
보며 동한은 이 여자를 놓치고 싶지 않다는
강렬한 욕심을 느꼈다.

　바로 다음 날, 하늘은 말갛게 개었고,
동한은 학교 앞 파스타집에서 애니를 만났다.

　어색하지 않을까. 무슨 말을 할까.

두근거리는 마음으로 조그만 선물을 테이블 위에 올려놓은 채 애니를 기다렸다. 약간의 걱정도 섞였다. 모처럼 마음에 드는 여자를 만났는데, 문턱에서 넘어져 버리지는 않을까.

모든 것은 기우였다. 애니가 등장해, "안녕하세요. 뭘 이런 델 다" 하며 농담을 거는 순간 동한은 깨달았다. 이 여자와는 통한다. 말투, 억양, 뉘앙스, 장난스러운 끝 음, 눈빛, 제스처. 짧은 순간이지만 모든 것에서 전해졌다. 그 느낌은 정확했다.

대화는 마치 파도처럼 이어졌다. 말이 이토록 잘 통하는 사람은 처음이었다. 파스타를 다 먹고도 빈 접시를 두고 한동안 자리를 뜨지 못했다. 애니와 이야기를 끊지 못해서였다. 두 사람의 대화는 자리를 옮겨서도 계속됐다.

"왜 굳이 나한테 밥을 산다고 했어?"

2차로 간 술집에서 애니가 물었다. 이

질문에도 장난기가 어려 있었다.

"너무 고마웠으니까. 그쪽 아니었으면 과제고 뭐고 폭망에다가 애들한테 찍히게 생겨서……."

"그 이유로?"

"실은 궁금하기도 했어."

"내가? 왜?"

"아니, 원래, 일단, 아, 그 스타일이……. 아, 아. 그냥 예뻤어!"

동한은 버벅거리다가 당황하고 말았다.

하하하! 애니는 크게 웃었다. 동한의 말 때문인지, 동한의 어정쩡한 태도 때문이었는지 알 수 없다. 실언할 걸까.

"인상이 좋더라, 그런 얘기지. 친절해 보이고 그래서……."

동한은 적당히 얼버무렸다. 말은 그 정도로 했지만, 실은 마음은 이미 블랙홀의 입구에 있었다. 빨려 들어가기 직전이었다.

전 우주에서 애니보다 예쁜 여자는 없다.
미치도록 좋고, 죽을 만큼 갖고 싶었다. 그
마음을 드러내지 않기 위해 무진장 애를 써야
했다. 사랑의 속도는 사람마다 다르다지만
유독 동한은 남달랐다. 한 번에 빠지지 않으면
사랑이 아니었다.

동한은 어린 시절부터 여자 친구가
끊이지 않았다. 남자애들이 축구공을 뻥뻥
차고 놀 때, 동한은 여자아이들의 생일
파티에 초대를 받았다. 그가 마음에 들어 하면
여자애들도 대부분 동한에게 호감을 보였다.
사귀는 것은 어렵지 않았다.

"이상하단 말야. 너 같은 범생이는
짝사랑에나 어울리는데."

축구부 주장은 질투가 났는지 면전에서
이런 말을 남겼다.

커가면서 동한은 더 많은 여자애들을

만났다. 새로 사귄 여자 친구는 늘 이전보다 더 잘 맞는 느낌이었다. 이를테면 A는 개성이 강해서 끌렸지만 반면에 너무 강한 개성 탓에 힘들기도 했다. 그런데 그 뒤에 만난 B는 역시 성격이 셌지만 동한을 어루만지는 온기가 있었다. C는 외모가 맘에 들었지만 연락이 잘 되지 않아 힘들었다. 그다음 만난 D는 얼굴이 비슷하면서 연락을 제때 받아주어 좋았다. 마치 어떤 종류의 진화가 이루어지는 것 같았다. 신기하리만치 그런 행운은 이어졌다. 보이지 않는 손이 동한을 위해 만남의 인연을 안배한 것 같았다. 동한은 그 운명을 사랑했다. 부잣집 아이도, 학교 짱도, 전교 1등도 부럽지 않았다. 좋아하는 사람의 마음을 늘 얻는다는 것만큼 굉장한 행복이 또 있을까.

오늘 애니와도 그런 행운이 이어지기를.

부디. 동한은 간절히 바랐다.

애니가 빨대로 소주를 빨아 마시며 눈을 내리깐 채 말했다.

"그럼 이제 고마운 건 그만할까?"

아.

고맙고 어쩌고 하는 관계는 이제 끝? 그렇다면.

이 말은 오해할 수 없다. 하루의 대화만으로 애니가 어떤 아이인지, 무슨 뜻으로 그 말을 하는 건지 필연의 문법처럼 확실하게 알 수 있었으니까. 마음이 터질 듯이 차올랐다.

"응."

동한은 고개를 끄덕였다. 대답은 짧았지만 그 순간 환희가 표정에 떠 있었다. 애니는 동한과 눈을 맞추고는 따뜻한 웃음을 담아 말했다.

"오늘부터 1일이야."

가슴이 터질 것 같았다.

두 사람은 아침부터 저녁까지 같이
있었다. 전공도 아닌데 애니의 '독일 소설
강독' 수업을 같이 들었고, 캠퍼스를 산책했다.
남자들은 애니를 힐끔거렸고, 그게 동한을
더 으쓱하게 했다. 애니와 밥을 먹기 위해
친구들한테 '뺀질이'라는 말까지 들어가며
점심 약속에서 빠졌다. 10CM와 아이유
노래를 같이 듣고, 〈너의 결혼식〉을 보며
울었고, 게임을 하며 웃었고, 차를 빌려
여행도 갔다. 10개월이 꿈처럼 흘렀다. 별처럼
많은 이야기를 나누었고, 그 모든 순간은
별처럼 빛났다. 둘만의 우주가 열렸다. 애니와
같이 있으면 어디에 있어도 둘만 있는 것
같았다.

애니하고 함께 있을 때면 즐겁기도
했지만 늘 모든 일이 좋은 쪽으로 풀려나갔다.

애니의 정확한 판단 덕분이었다. 동한은 자신이 좋아하는 A 강의를 듣고 싶었지만 애니는 학점을 따기 쉬운 B 강의를 선택하라고 했다. 나중에 A 수업을 들은 아이들이 F 학점 받는 걸 보며 가슴을 쓸어내렸다. 무엇을 먹을지 늘 고민하는 동한과 달리 애니는 취향이 확실했고, 따라가보면 전부 맛있었다. 길을 잘 찾았고, 물건도 잘 샀다. 동한은 나중을 위해 무언가를 기다리는 법을 배웠고, 거절하는 법도 애니한테서 배웠다. 동한은 물들듯이 애니한테 점점 더 의지했다. 급기야는 게임을 하면서도 애니한테 전략을 물었다. 현실감각이 떨어지는 동한에게 합리적인 애니는 최고의 참모였다. "애니는 마치 무슨 일이 어떻게 일어날지를 미리 아는 사람 같아!" 동한이 칭찬하자 애니는 깔깔 웃었다. 그녀는 연인이면서 동한 인생의

특수 무기이기도 했다. 물론 이 모든 '쓸모'는
부수적이었다. 애니는 동한에게 무엇보다
열렬한 '사랑'이었다.

　뜨거운 연애와 어울리지 않게 약간의
낯선 느낌은 있었다. 동한은 그녀와 만날
때면 가끔 창밖을 바라보는 기분이었다. 같은
공간에서 어울리는 게 아니라 집 안에서
창을 통해 풍경을 관찰하는 느낌이랄까,
'너와 나'가 아니라 영상 속의 여자를 보는
기분 같기도 했다. 도무지 애니와 자신은
어울리지 않는다는 느낌이었다. 내가 애니의
남자 친구라니…… 플레이스테이션 정도를
기대했다가 생일 선물로 자동차를 받고
어리둥절한 느낌? 그동안 사귀었던 여자
친구들도 그랬다. 거울에 비친 내 모습은
그저 안경잡이 너드인데, 영 자신이 없는데,
그 아이들은 왜 날 만나주었을까. 무엇보다

애니가 왜 나를 좋아하는 걸까.

하지만 동한은 깊이 생각하지 않았다.
그런 것들은 '의문'이라기보다는 물거품처럼
잠깐 부풀어 올랐다가 금세 사라지는
'느낌'이었다. 꿈 같았지만 아무리 생각해도
꿈은 아니었다. 현실에는 애니가 있었다.
동한을 누구보다 사랑하고, 변할 것 같지 않은
애니가.

애니만큼 사랑한 여자는 없었어. 앞으로도
없을 거야. 동한은 남학생들한테 둘러싸인
애니를 향해 한 걸음 한 걸음 다가가며 다시금
그렇게 확신했다.

애니가 동한을 보며 인사했을 때
남학생들은 잠깐 동한을 견제하는 듯한
눈길을 보냈지만 이내 애니에게 다시
집중했다. 그들은 애니의 이야기가 재밌어
죽겠다는 듯한 표정으로 푹 빠져 듣고 있었다.

애니는 저 많은 남자애들을 두고 무슨
이야기를 저렇게 재밌게 하는 걸까. 영화
이야기? 연애 이야기? 아니면, 설마 뒷담화?
하하하.

"공교육 영어 수업을 수년간 이행해도
프로세스의 균질화 문제로 학생들은
화요일마다 특이점이 오고 있어. 현실적인
습득의 한계 지점도 있지만, 언어의 사회화를
과잉 강조한다는 것도 문제고……."

영어 교육? 독문학과인 애니가 갑자기 웬
영어. 그런데 그 주장하는 내용도 이상하다.
도무지 무슨 말인지 모르겠다. 애니가 이런
방식으로 말한 적이 있었나? 더 이상한 건
이런 괴상한 이야기에 남학생들이 몰입해
있다는 거였다. 마치 아테네 광장에서
소피스트의 열변을 듣는 젊은이들 같은
광경이었다.

동한은 애니에게서 눈을 떼고 그들의

얼굴을 둘러보았다. 열중한 모습들. 하지만 어딘가 게임 속 NPC 같다는 생각도 들었다. 동한은 다시 애니를 보았다. 보이지 않았다. 애니는 사라지고 없었다.

그새 어디로 간 거지?

돌연 땅이 흔들렸다. 내가 어지러운 건가. 사물이 겹쳐 보이고 경계가 불분명했다. 마치 노이즈 낀 디지털 화면 같았다. 이게 뭐지……. 애니는 어디로 간 거야…….

희미하게 천장이 시야에 들어왔다. 익숙했다. 아……. 여긴 집이지. 보증금 500만 원에 월세 45만 원인 내 방.

젠장. 꿈이었어. ……현실이 아니었어. 애니가, 그 예쁜 애니가!

이번에는 지난번 VD에 비해 굉장히 빨리 현실을 자각했다. 이것도 학습된 모양이다. 아쉬움은 지난번보다 더 컸다. 가슴이 아렸다.

젠장!

동한은 허공에 대고 욕설을 한 번 더 뱉었다.

기분이 말할 수 없이 가라앉았다. 꿈 안의 애니는 사라졌어도 동한에게는 실제의 사랑 비슷한 것이 남았다. 존재하지 않는 것을 사랑했는데 왜 사랑이 남은 건지 알 수 없었다. 이세계(異世界)의 여자에게 마음을 빼앗겨버린 현생의 머저리 남자. 실연당한 느낌을 묽게 만들면 이런 걸까. 애니를 보고 싶어.

동한은 눈을 감아보았지만 어둠뿐, 애니는 다시 찾아오지 않았다.

한편으로 동한의 마음에 의문이 피어났다.

근데, 왜 깨어난 거지? 죽은 것도 아닌데.

몸이 나른했다. 동한은 방바닥에 팔을 짚고 몸을 일으키면서 전날의 일을 떠올렸다.

❖

금사원 박사의 연락을 받고 찾아간 것은 어제였다. 박사가 말했었다. 조그만 칩을 올려놓은 박스를 손에 소중히 쥐고 있었다.

"이번에는 조금 다른 실험을 해볼 겁니다. 지난번엔 이곳의 컴퓨팅 설비에 프레디를 연결해서 VD를 진행했습니다만, 원래 그럴 필요가 없었어요. 프레디는 이 칩 안에 들어 있습니다. 이걸 뇌에 직접 심을 겁니다."

"뇌에 심는다구요? 그 칩을?"

"20테라바이트 용량의 초고성능 반도체입니다. 원래 프레디에는 이만큼의 용량도 필요 없습니다. 프레디가 만들어내는 꿈은 빅데이터를 토대로 그려내는 것이 전부가 아니니까요. 이를테면 '성공한 인생'을 그려준다고 해서 세상의 성공한 사람들이 어떻게 살아왔는지, 그 데이터가 전부 필요한 건 아닙니다. AI가 일방적으로 틀어주는 영화 같은 게 아니라고 말씀드렸죠? 공통의 자료를 추출해서 패턴화하고, 그걸 개인의 뇌에 접목해서 그 안의 경험과 감정 데이터와 상호 작용 해서 꿈을 그려내는 겁니다. 일종의 창작과도 비슷한 면이 있습니다. 미드저니라는 AI가 그린 그림이 미국의 한 미술전에서 대상을 차지한 일이 있었죠. 그것도 오픈 웹에서 스크랩한 수백만 개의 이미지를 활용해서 알고리즘을 통해 새로운 이미지를 만들어내는 방식입니다. 즉 데이터를 활용할 수 있다면 AI 자체만으론 그렇게 큰 용량이 필요하지는 않아요."

"그……그런가요."

"미국 의회도서관의 데이터는 10테라바이트 정도입니다. 뇌의 용량이 74테라바이트고요. 20테라면 프레디 고유의 프로그램을 구동하기에는 넉넉합니다.

컴퓨터 파일도 영상의 용량이 가장 크듯이, 인간 기억의 많은 부분도 영상과 비주얼에 할당됩니다. 프레디는 분류되고 저장된 기본 데이터를 토대로 개인이 갖고 있던 그 기억 속 장면을 활용하고 재구성하는 것이기에 한평생을 그리면서도 획기적으로 사이즈를 줄일 수 있었던 것이죠. 이 조그만 칩에 들어갈 만큼."

"그런 건 뭐든 좋습니다만, 뇌에 칩을 직접 심는다니……. 위험해 보여서요."

"괜찮아요. 바이오폴리머 소재니까요."

서윤이 끼어들어 대답했다. 어딘가 차가운 톤. 의문을 제기하는 동한에 짜증이 난 걸까. 괜히 주눅이 들었다.

"바이오…… 뭐라고 해도 사람 몸에 이물질이 들어가는 건데 부작용이 없을까요?"

동한이 조심스럽게 묻자 이번엔 박사가 대답했다.

"걱정 안 하셔도 됩니다. 바이러스나 생체 조직을 넣으면 몰라도 이건 100퍼센트 안전합니다. DNA가 있는 어떤 거라면 사람 몸에 주입되었을 때 위험할지도 모르지요. 하지만 이건 생물이 아니라 디지털 프로세스니까요."

"네……."

"기계 안에 들어가서 하는 건 아무래도 인위적이라는 한계가 있습니다. 자연스러운 일상에서의 꿈, 거기서 보내오는 기록과 경험이 궁극적으로 중요해요. 소중한 데이터가 될 겁니다."

"그, 그런가요……."

동한이 미덥지 않다는 반응을 보이자, 금사원 박사는 돌연 상체를 돌려 뒤통수를 보여주었다.

"걱정 마세요. 저도 칩을 넣었어요."

박사의 두툼한 목 뒤에 십자 모양의

상처가 있었다. 생생한 흔적이었다.

"아······."

동한은 말을 잇지 못했다. 꿰맨 상처
사이로 미세하게 빨간색 불빛이 비쳐 나오고
있었다.

"마치······ 불이 켜져 있는 것 같아요."

"칩이 정상 작동 된다는 겁니다. 별도의
배터리 없이 생체 내의 전기적 신호를 모아
저전력으로 움직이도록 설계되었어요."

"네에······."

"오늘 낮 정 조교한테 시술을 맡겼죠."

금사원 박사는 서윤에게 미소를 보냈고,
서윤은 조그맣게 고개를 끄덕였다. 박사가
말을 이었다.

"원래 모든 프로그램은 제가 먼저
체험을 합니다. 그다음 객관화하고 데이터를
수집하기 위해 동한 씨 같은 분들을 모집한
거죠. 지난번 VD 기계장치도 제가 먼저

들어가보았습니다. 칩으로 만든 이 프레디도 마찬가지입니다. 제가 먼저 목에 심어서 이미 어제 시험 가동을 마친 상태입니다. 물론 환상적인 70년의 인생을 보내고 왔지요. 그리고 보시다시피 제 몸 상태엔 아무런 문제도 없습니다. 어디, 제가 이상해 보이나요?"

"아니요, 전혀."

금사원 박사는 너무나 멀쩡하고, 정상이었다. 동한의 불안한 마음이 조금 가라앉았다. 모름지기 모든 사기는 자신은 하지 않으면서 남한테 권하는 것 아닌가. 본인이 직접 하는 거라면 믿어도 된다. 박사의 말이 이어졌다.

"제 연구의 궁극적인 목적은 매일 밤 평생의 꿈을 꾸는 겁니다. 그러려면 거추장스러운 VD 기계는 벗어나야 하겠죠. MRI 찍듯이 일일이 연구실로 와서 거창한

절차를 거치고……. 그래서야 곤란하죠. 아예 우리 몸 안에 이 프로그램을 심어서 매일 밤 잠들 때 원하는 꿈을 작동시키는 거죠. 그거야말로 가장 영생에 가까운 모습 아니겠습니까? 무엇보다 프레디는 이 조그만 칩 안에 완벽히 들어갑니다. 그렇다면 왜 안 그래야겠습니까?"

"혹시…… 잘 몰라서 여쭙는데요, 칩이 몸 안에 들어 있으면 꿈뿐만 아니라 일상에도 어떤 영향을 미치지는 않나요?"

"전혀 아닙니다. 이 칩은 잠들었을 때만 스위치가 켜지도록 세팅되어 있어요. 그야말로 꿈에서만 작동하는 겁니다."

동한은 더 묻지 않았다. 캐물으면 실험을 중단할까 겁이 나기도 했다. 지난번 CEO 김동한의 인생은 어쨌든 좋았으니까.

그런데 연구실을 떠나서도 실험이 가능할까.

"그⋯⋯렇죠. 근데, 제가 칩을 심은 상태로 집으로 가버리면 박사님의 연구는 어떻게 되나요?"

동한의 물음에 금사원 박사는 빙그레 웃었다.

"어차피 프레디는 이곳의 중추 컴퓨터와 무선으로 연결되어 있습니다. 활동 내역과 데이터는 전부 이곳으로 실시간 전송 되어 분석됩니다. 물론 칩 자체에도 기록되고요. 아, 동한 씨가 어떤 걸 보고 듣고 느끼는지는 전혀 알 수 없으니까, 프라이버시는 보장됩니다. 다만 지난번처럼 프로그램상으로는 알 수 없는, '인간'으로서의 경험, 기억을 저한테 자세히 전달해주시면 됩니다. 그게 연구 참여의 조건이기도 하고요. 이번엔 연애의 꿈을 원한다고 하셨죠? 오늘 밤이 되기 전에 해당 프로그램을 세팅해서 프레디로 전송시키겠습니다. 자, 그럼 이제 간단한 시술을 해볼까요?"

박사는 손에 든 칩을 조심조심 트레이에
올려놓았다.

"뇌에 연결하는 건데, 복잡하진 않나요?"

이번에는 서윤이 무표정한 얼굴로
대답했다.

"원리는 지난번 VD 기계와 같아요.
프레디가 일단 뇌 뉴런에 연결만 되면
전체 뇌로 네트워크처럼 전송되는 거니까
간단해요. 칩을 넣고 몇 군데 연결하기만 하면
되거든요. 30, 40분이면 시술은 끝나요."

"네에."

동한은 주눅 든 음성으로 대답했다.
서윤이 말하면 왠지 이런 태도가 되고 만다.
동한은 시술대 위에 얌전히 누워 몸을 돌렸다.

서윤이 기구가 든 박스를 트레이에
실어서 끌고 왔다. 박사는 의료용 장갑을 끼고
시술대 옆에 섰다.

불안이 조금 일었다. 금사원 박사는 AI 쪽으로는 권위자이지만 의학 지식은 없다. 몸을 맡겨도 될까. 조교인 서윤도 마찬가지다.

걱정이 전혀 안 되는 건 아니었다. 하지만, 펼쳐질 꿈에 대한 기대가 압도했다.

"동한 씨는 이제 집으로 돌아가 일상생활을 하세요. 그러다가 잠드십시오. 그러고는 꿈의 인생을 사십시오."

칩을 심는 시술을 마치고 연구실을 떠나는 동한을 향해 박사는 미소 지었었다. 자신만만해 보였다.

집으로 돌아와 잠들기 전까지 시술을 받은 목덜미가 따끔거렸지만 조그만 아픔쯤이야 견딜 만했다. 지난번 CEO의 인생에서 분명히 결과를 보여주었으니까.

하지만 이게 뭐야.

동한은 월세방의 낡은 벽지가 찢어진 곳을 멍하니 바라보며 조금 전의 꿈을 떠올렸다.

애니와 만나고 사귄 것까지는 너무나 좋았다. 꿈꾸던 것 이상의 꿈이었다. 애니는 이상형이었고 완벽한 여자였다. 사랑한다는 느낌은 돈보다 분명 좋았다. 그런데, 돌연 애니가 이상한 말을 읊조리더니 사라졌고, 땅이 흔들렸다. 그리고 꿈에서 깨어났다.

동한은 일어섰다. 손거울을 목뒤에 대고 거울에 비추어 보았다. 박사의 그것처럼, 꿰맨 상처 사이로 은은하게 붉은빛이 비쳤다. 분명 칩은 스탠바이 상태다.

시계를 보았다. 새벽 1시 50분.

망설였다. 지금 금사원 박사한테 연락하는 건 분명 실례겠지…….

망설이다가 동한은 고개를 천천히

가로저었다.

박사도 이런 이상 상황을 실시간으로 알고 싶어 할 거야.

가만히 있었다가 오히려 왜 그때 곧장 알리지 않았냐고 나무랄지도 몰라.

동한은 휴대전화로 손을 뻗었다. 실은 애니를 다시 만나고픈 마음이 그를 움직인 거였지만 동한은 박사의 바람이 그런 것이라고 변명을 만들어낸 셈이다.

우선은 카카오톡을 보내보았다.

― 박사님, 급히 알려드려야 할 일이 있습니다.

놀랍게도 10초도 지나지 않아 답장이 왔다. 박사도 깨어 있었나.

― 뭐죠?

― 꿈을 꾸다가 돌연 깼습니다. 꿈도 이상했고요.

바로 휴대전화 벨이 울렸다. 금사원

박사였다.

"깨어났다고요?"

"네. 조금 전에요."

"혹시 누가 깨웠나요?"

"아뇨. 혼자 깼어요."

"그럼 밖에서 큰 소리가 들렸다든가,
배탈이 났다든가 했나요?"

"진혀 없었습니다. 그냥 깬 거예요.
평온하게."

"그래요……."

박사는 납득할 수 없다는 듯 말을 끌다가
물었다.

"꿈 내용을 자세히 이야기해주실까요?
특히 깨어날 때 어땠는지."

"실은……."

동한은 있는 대로 이야기했다. 연애
이야기라고 부끄러울 것도 없었다. 어차피
꿈인 데다가, 이번 프로그램 자체가 연애를

목적으로 입력된 것이니까.

　"확실히 이상하군요. 전송되어 온 기록상으로는 문제가 전혀 없는데……."

　박사는 무언가를 생각하는 듯했다.

　"혹시 연구실에 계신가요?"

　"네. 동한 씨의 귀가 실험 첫날이니까 연구실에서 실시간으로 체크하고 있었죠."

　"뭐가 문제일까요?"

　"전산상이든 데이터든 아무 이상은 없거든요. 아무래도 단순한 오류나 버그였던 것 같아요. 컴퓨터도 한 번씩 먹통 되잖아요. 별거 아닐 겁니다."

　"그렇습니까……."

　"다시 잠을 청해보시겠습니까?"

　"뭐, 어차피 다시 자기는 하겠죠."

　"만약 프레디가 제대로 작동이 안 되는 거라면 꿈이 다 지워지든지 아니면 아예 꿈이 없든지 할 겁니다. 하지만 단순 오류라면 꿈이 끝난 근처에서 다시 이어질 겁니다. 전 꿈이 이어질 거라고 봅니다. 오류가 전혀 기록돼 있지 않거든요. 아무튼 어느 쪽이든 소중한 연구 자료입니다."

"알겠습니다."

동한은 전화를 끊었다. 박사의 말이 맞았으면 좋겠다. 다시 그 행복한 세상으로, 오류 없이 들어가고 싶었다.

동한은 냉장고에서 우유를 꺼내 따뜻하게 데웠다. 한 모금 들이켜고는 자리에 누웠다. 몸을 왼쪽으로 돌리고 웅크렸다. 가장 잠이 잘 오는 자세였다. 곧 눈이 감겼다.

❖

동한은 도서관에 들어갔다. 아하, 저기 있었네. 조금 전 남자들과 이야기하던 애니가 갑자기 사라졌나 싶었더니 도서관 열람실 큰

책상에 앉아 있었다. 애니가 동한을 보고는 활짝 웃으며 손을 흔들었다. 마침 옆자리가 비었다.

"참 빠르다. 어디로 갔나 찾았잖아."

동한은 옆에 가방을 놓고 빈자리에 앉으며 말했다.

"당연히 이리로 올 줄 알았지."

애니가 말했다.

동한은 이 순간에도 애니가 좋았다. 별것 아닌 말, 행동, 손짓, 상황이 다 즐거웠다. 어떤 것도 부족하지 않은 생의 만족감 같은 것이었다. 이 일상의 자연스러운 기쁨. 애니와 함께라면 영원히 이어지겠지.

애니의 맞은편과 그 옆에는 남학생들이 앉아 있었다. 힐끔 살펴보니 아까 도서관에 들어오기 전 애니 주변에 있던 남자들이다. 애니와 대화를 하다가 이곳까지 자리를 옮긴 모양이다.

애니는 동한에게 주었던 눈길을 되돌리고
남학생들과 이야기를 나누기 시작했다.
수강 신청에 관한 대화였다. 그런데 꽤 큰
소리였다. 여긴 도서관인데. 하지만 애니의
음성에는 거침이 없었고, 대화를 받는
남자들의 목소리도 컸다. 애니답지 않아. 늘
밝은 음성에 쾌활했지만 공공장소에서 이런
적이 있었나?

애니가 대화를 멈추더니 문득 동한을
돌아보고 말했다.

"이거 재밌다. 이 단어 봐."

동한은 목을 내밀었다.

애니는 빈 종이 위에 단어를 썼다.

earthplace.

애니는 이렇게 써놓고는 동한을 보며
빙글빙글 웃었다.

"뭐게?"

마치 재밌는 수수께끼를 내는 초등학생

같은 해맑은 웃음이었다.

"뭐야? 지구……인 거야?"

동한은 고개를 갸우뚱했다.

"그럼 이거 봐."

애니는 또 영단어를 휘갈겨 썼다.

thouzenoptical-aesopol.

뭐지? 생전 처음 보는 단어였다. 도대체
이런 단어가 있기나 한 걸까.

"되게 어려운 단어인데? 이게 뭐야?"

애니는 대답이 없었다. 그러고는 옆의
남학생들과 다시 대화를 시작했다. 구내식당
메뉴가 어떻고…….

동한은 기분이 상했다. 뚱딴지같이
영어 단어 퀴즈를 내더니 갑자기 자신을
무시하고서 남자들과 이야기를? 설마 저
얄궂은 단어를 모른다고 내게 화가 난 걸까?
그렇다면 너무한 거잖아.

동한은 슬그머니 자리에서 일어났다.

일단 이 상황을 피하고 싶었다. 자신이 부아가 났다는 걸 애니한테 들키고 싶지 않았다.

무언가 내가 오해하고 있는 걸 거야. 아니면 애니가 오해하고 있거나. 나중에 해명되겠지.

동한은 비죽이 튀어나온 심정을 그렇게 스스로 다스리며 열람실 밖으로 나갔다.

2층에서 1층으로 내려오는 계단의 중간 난간에서 안을 향해 앉았다. 뒤를 돌아보니 저 멀리 아래쪽으로 바닥이 보였다. 동한은 아이처럼 다리를 흔들흔들했다. 골난 심정을 혼자서 달래보는 것이다.

애니가 보였다. 동한을 보더니 곧장 걸어왔다. 밝은 얼굴이다.

동한은 벌써 마음이 풀렸다. 역시. 애니는 삐친 나를 달래주러 오고 있어. 신경 쓰였던 모양이야. 아마 "다 장난이었어!" 하며 깔깔깔 웃겠지? 동한의 얼굴에 미소가 번졌다.

애니가 동한에게 다가왔다. 동한은 무언가 말하려 입술을 막 뗐다. 그 순간 동한 앞에 서나 싶던 애니는 양팔을 앞으로 쭉 뻗어 동한을 밀어버렸다.

어엇!

동한은 1층 바닥으로 떨어졌다. 철퍼덕. 동한은 하늘을 향해 누웠다.

꽤 높은 데서 떨어졌지만 하나도 아프지 않았다. 숨이 가쁘지도 않았다. 이상할 법도 했지만, 그런 것보다 동한은 누운 채로 눈이 휘둥그레져서 애니를 보았다. 왜? 왜 날 민 거야?

애니는 저 위에서 아래를 내려다보며 깔깔깔 웃고 있었다.

동한은 아무 말도 하지 못했다. 그러다 자신도 모르게 입에서 말이 새 나왔다.

"참 닮았어……."

응? 내가 왜 이런 말을. 동한은 자신이

해놓고도 왜, 어떤 의미로 그런 말을 했는지 알지 못했다. 동한 스스로도 의식하지 못했고, 기억 속에 잠재되어 있던 어떤 것이었을까.

아아, 그랬어…… 동한은 어렴풋이 기억해냈다.

맞아. 꿈속에서 만난 여자야. 이상형. 현실에서 결코 연인으로 만날 수 없었던 여자. 한마디 대화도 나눠보지 못했다. 우연히 들른 카페였던가. 그 여자를 본 건 불과 몇 분. 귀여운 얼굴의 여자는 밝게 웃으며 친구와 이야기하고 있었다. 동한은 다른 데를 보는 척하면서 몇 번이나 힐끔힐끔 여자를 보았었다. 그게 전부였다. 그 기억이 되살아났던 것이다.

하지만, 이상해. 내 이상형은 이 현실의 애니인데. 그 애니가 날 좋아하고, 내 여자 친구인데? 꿈속의 여자가 이상형? 난 왜 지금 그런 생각을 한 걸까.

애니는 깡충깡충 경쾌한 걸음으로 계단을 내려왔다. 웃음을 머금은 채였다.

동한은 여전히 충격에서 벗어나지 못해 바닥에 누워 있었다. 왠지 몸을 일으키기 힘들었고, 일어날 마음조차 생기지 않았다. 그것은 미약한 마지막 기대였다. 애니가 다가와 "엇, 실수야! 정말 미안. 장난이 지나쳤네. 안 다쳤어?" 하며 다정히 말 걸고 손을 내밀어주겠지. 당연하지. 애니는 꿈속의 그 여자였는데. 나는 애니의 얼굴이 좋아. 그 음성이 좋고, 나에게 말 걸어준 그 따스함이 좋아.

어흡, 흑.

동한은 숨을 쉬지 못했다.

애니는 웃고 있었다. 그 얼굴을 하고서 바닥에 쓰러진 동한 위에 올라타 양손으로 동한의 목을 조르고 있었다.

흡, 흡.

제대로 된 비명조차 나오지 않았다.

엄청난 힘이었다. 동한은 애니의 양팔을
부여잡고 잡아떼려 했지만 어림없었다. 몸을
이리저리 비틀어보았지만 도저히 빠져나올 수
없었다.

애, 애니, 왜 이러는 거야.

하지만 그 항의는 생각뿐 입 밖으로
나오지 못했다. 애니는 조금의 동요도 없이
동한의 목을 졸랐다. 웃고 있어서 더 소름
끼쳤다.

숨을 쉬지 못하는 것만큼 큰 고통도 없다.
분명히 기억이 있는 괴로움이었다.

이러다 죽는다.

처음에 목을 졸릴 땐 그래도 애니의
지나친 장난이라고도 기대해봤지만 아니었다.
호흡을 할 수 없었다. 아무리 에누리해보아도
'장난이었어'라고 끝낼 수 있는 선은 이미
훨씬 넘어서 있었다. 숨을 쉬지 못해 미칠 것

같았다. 그리고 확실한 공포가 다가왔다.

죽는다.

애니, 이 미친년!

실제적인 죽음이 닥쳤다. 음성이 되어 나오지는 못했지만 애니를 향한 욕설이 마음속에서 튀어나왔다.

하늘이 노래졌다. 시야가 서서히 닫혔다.

아아…….

숨이 끊어지고 있었다.

허억!

동한은 벌떡 일어났다.

아아, 살았어! 꿈이었어!

찢긴 벽지가 보였다. 허름한 월세방이 이처럼 반가울 때는 없었다.

그러다 동한은 자신이 심하게 헐떡이고 있단 걸 깨달았다. 악몽을 꾸다가 깨어 숨이 흐트러진 것과는 달랐다. 정말로 목이 졸린 직후의 헐떡임이었다. 느낌이 너무 생생했다. 목을 조르던 애니의 눈빛, 손길. 분명 꿈속인데 실제로 겪은 것 같은 기분이 들었다.

동한은 한동안 호흡을 가다듬었다. 숨이 쉬어진다는 게 이렇게나 좋은 거구나. 깊은 물속에 잠겨 있다가 폐가 터지기 직전 겨우 밖에 나온 해방감이었다. 공기를 깊이깊이 몇 번이나 들이마셨다.

한참 후, 숨을 정상적으로 쉴 수 있게 된 동한은 자리에서 일어났다.

이상해. 정말 목이 졸린 것 같아.

거울을 보았다. 목은 멀쩡했다.

실제로 목이 졸린 건 분명 아니야.

도무지 이해가 가지 않았다. 여기는 싸구려 월세방이지만 디지털 도어록이 달려 있다. 외부인이 침입할 수 없다. 물론 침입한 흔적도 없다. 목에도 아무런 흔적이 없다. 그런데, 실제로 목이 졸린 것 같다. 깨어났을 때 숨통이 짓눌렸던 그 느낌은 단순히 기분이나 감각이 아니었다. 실제로 숨을 못 쉬었었다. 말도 안 돼.

동한은 팔을 뒤로 꺾어 프레디의 칩을 심은 목뒤의 상처를 만져보았다. 정말 꿈속으로 사람을 끌어들여 죽이는 악마 프레디라도 나온 걸까.

❖

"칩을 뇌에 삽입하면서 에러가 생긴 거 아닐까요? 지난번 VD 기계에 연결해서 실험할 땐 전혀 문제가 없었잖습니까."

동한은 강한 어조로 항의했다. 박사는 아직도 깨어 있었다. 프레디 칩을 타인에게 심은 첫 실험이니만큼 밤새워 경과를 추적하고 있었던 모양이다. 동한이 다시 깨어 전화를 걸자 박사는 꽤 놀란 눈치였다.

"아, 이것 참. 면목이 없습니다. 여전히 네트워크상으로는 다 정상이었는데…….
프레디가 잘못 돌아간다는 징후는 전혀 없거든요."

"꿈속에서 만난 여자 친구 애니가 이상한 말을 하고 저를 계단에서 밀쳤어요. 행복한 연애를 프로그래밍한 건데, 이런 이상행동을 한다는 게 말이 되나요? 에러가 분명합니다. 프로그램에 치명적인 버그가 있든가요."

"그런 꿈이 일어나다니 참 죄송해서 드릴 말씀이 없네요. 에러가 있을 수 없다고 말씀드리고 싶지만 무엇보다 동한 씨가 또 꿈에서 깨어나서 이렇게 전화를 걸지 않았습니까. 그것 자체로도 어딘가 오류가 생긴 건 맞는 것 같습니다……."

박사는 난감해했다.

"심지어 애니가 제 목을 졸랐어요. 장난이 아니라 정말 죽이려고요."

"하, 그것참……."

연애의 기쁨을 디자인한 꿈속에서
살해당할 뻔하다니.

"박사님, 혹시 호러나 살인 같은
프로그램이 잘못 인풋된 건 아닙니까?"

"설마요. 그런 프로그램은 개발조차 하지
않았습니다."

"정말 죽는 줄 알았습니다. 숨이 막혔어요.
조금만 늦게 깼으면 죽었을 겁니다."

내내 쩔쩔매던 금사원 박사는 발끈했다.

"너무 과장하시는 거 같습니다. 아무리
그래도 꿈인데, 죽다뇨."

"무슨 말씀입니까? 과장도 아니고 엄살도
아니에요. 비유도 아니구요. 정말 숨을 못
쉬었다니까요. 깨어나서도 한참을 심호흡해야
했어요."

그러면서 동한은 애니가 목을 조르고
깨어나던 상황을 자세히 설명했다. 실제로

숨을 쉬지 못했으며, 그건 절대 상상이 아니라 실제였다고. 하지만 박사는 펄쩍 뛰었다.

"있을 수 없습니다."

"하지만 전 실제로 목이 졸렸는데요."

박사의 말은 단호했다.

"프레디는 어디까지나 꿈을 꾸게 하는 겁니다. 영상을 보여주는 거나 마찬가지라고 해도 무방합니다. 가상의 현실을 느끼게 하는 것이지, 실제로 겪게 하는 게 아니라는 거죠. 어떻게 그럴 수 있겠습니까? 프로그램입니다. 몸에 직접적인 물리력을 가할 수 있는 존재가 아니란 겁니다."

"하지만 전 분명히 신체의 고통을 느꼈어요."

"그렇다면, 그건 실제 동한 씨의 육체에 문제가 생긴 걸 겁니다. 어떤 다른 이유로 호흡기에 급성질환이 발생했거나, 아니면……."

"아니면, 뭐죠?"

"실제로 공격당했거나요. 자는 도중에."

"실제로요? 그럴 리가요. 분명 방 안에는 저 혼자였고, 아무도 들어오지 않았습니다. 아니, 들어올 수 없었어요."

"그런 건 모르겠습니다만, 아무튼 프로그램이 사람의 육체를 공격한다는 것은 잠긴 방에 사람이 들어오는 것보다 더욱 있을 수 없는 일입니다."

동한은 전화를 끊고 생각에 잠겼다.

납득이 가지 않아 즉각적으로 부정했지만, 박사의 말은 마음에 남아 알람처럼 계속 울렸다.

내가 잠을 자며 꿈을 꾸는 동안 누군가 제3의 인물이 몰래 침입한 건 아닐까. 그가 내 몸을 공격했고, 신체에 돌발 상황이 생겼으니 잘 작동하던 프레디 프로그램에도 오류가

생겨버린 건 아닐까. 프레디가 오류를 낸 게
아니라, 거꾸로 내 몸이 위기에 처하게 되자
내 뇌와 연결된 프레디도 오작동하게 된 게
아닐까.

일어났을 때 아무도 없이 평온했기에
침입자는 없다고만 생각했다. 하지만 그건
침입자가 조금 일찍 방을 나가서였을 수도
있다. 그가 사라진 뒤 조금 시간이 흐른
후에야 오류가 심화돼 꿈에서 깬 거라면.
그렇다면 오늘 밤 겪은 상황들도 어느 정도는
설명이 된다.

하지만, 도대체 누가 이 밤중에 내 방에
침입하고, 목을 조르고, 죽기 직전에 사라진단
말이야? 아니, 그 누구는 둘째 치고, 왜?
하잘것없는 생을 보내고 있는 나를 왜?

수민.
그 이름이 동한의 머리를 퍼뜩 스쳤다.

설마. 동한은 고개를 흔들었다.

도저히 그렇게는 생각할 수 없다. 수민이 그런 짓을 할 이유도 없거니와 무엇보다 그런 짓을 할 아이가 아니다.

하지만. 하지만 말이야. 동한은 흔들던 고개를 멈추고 눈을 치뜬 채 생각에 잠겼다. '누군가 침입했다고 한다면' 수민이 말고는 생각하기 어려워.

수민과 같이 집에 올 때면 동한은 등을 돌리고 도어록 번호키를 눌렀다. 하지만 수민이 민망해할까 봐 대놓고 가리지는 못했다. 만약에 수민이 그럴 생각을 가지고 훔쳐보았다면 비밀번호를 충분히 알아낼 수 있었다.

아니야. 동한은 눈을 감았다 떴다.

이렇게 의심하는 게 친구한테 더 미안한 거야.

당장이라도 확인하는 게 좋아.

동한은 수민에게 전화를 걸었다.
카카오톡을 먼저 보내볼까 했지만 얼마든지
평온을 가장할 수 있는 문자보다는 목소리를
직접 들어보는 쪽이 판단하기에 나을 거
같았다.

"여보세요."

놀랍게도 수민은 바로 전화를 받았다.
음성도 맑았다. 자다가 깬 건 아니었다.

"안 잤어?"

"응, 너도 그러네."

수민의 이런 점이 편하고 좋았다.
"이 시간에 왜 전화했어?" 대신에 "너도
그러네"라고 말해준다. 하지만 만약 이 말이
어떤 죄책감 때문에 나온 상냥함이라면?

"미안. 별 할 말도 없는데 괜히 해봤어."

동한은 그 말을 하면서 마치 수민이 보고
있기라도 한 듯 머리를 긁적였다. 아무리 친한
사이라고 해도 한밤중에 전화를 덜컥 한 건

치명적인 실수다.

"괜찮아."

수민은 끝까지 따뜻했다.

"잘 자. 내일 톡 할게."

동한은 전화를 끊었다.

역시 전화 통화를 한다고 무엇을 알아낼 수 있는 건 아니야. 수민의 친근한 목소리를 듣고 나니 의심했다는 미안함만 커졌다.

동한은 턱을 괴고 잠시 생각하다가 아, 하며 고개를 번쩍 들었다.

그래. 꿈이 깨어지는 이 괴상한 상황, 그리고 괜한 의심 전부를 해결할 수 있는 방법이 있어.

동한은 그 생각을 곧바로 금사원 박사에게 이야기해보고 싶었다. 그러다 조금 주춤했다. 박사가 이 밤중에 동한의 제안을 꼭 반긴다는 보장이 없다. 연구자라면 미리 정해둔 프로세스가 있다. 돌발적으로 변경할 수 없는 사정이 있을 수 있다. 금사원 박사에게 민폐 아닐까.

갈등하던 동한은 결국 휴대전화를 들었다.

"다시 생각해보니까, 박사님 말씀이 완전 틀렸다고는 못 할 것 같습니다."

"어떤 부분이요?"

"누군가가 침입해서 제 목을 졸랐을 수도 있단 생각이 듭니다."

"흠……."

"저는 분명히 숨을 못 쉬고 깨어났어요. 하지만 프로그램이 저한테 물리적인 해를 가할 수 없단 박사님 말씀도 분명히 맞구요. 그렇다면 누군가가 제 방에 들어와 제가 자는 동안 해코지했을 가능성도 분명히 있는 것 같아요. 어차피 저는 자고 있었으니 모르는 거구요."

"동한 씨가 자는 동안 들어와 괴롭힐

사람이 주변에 있습니까?"

다시금 수민이 떠올랐지만 동한은 금세 지웠다. 아니야. 자꾸 이러면 안 돼.

동한이 말했다.

"당장 생각은 안 납니다만……. 한 가지 여쭙고 싶은데요."

"뭡니까?"

"프로그램에 오류가 생기면 박사님의 주 컴퓨터로 알 수 있는 거죠?"

"물론입니다. 실시간으로 알죠."

"그리고 만약 제가 자다가 실제로 숨이 막혔을 때, 박사님이 옆에 계시다면 그것도 분명히 확인하실 수 있겠죠?"

"옆에 있다면 당연히 알죠."

"그래서 이렇게 해보면 어떨까 싶어서요."

"어떻게요?"

"제가 연구실로 가서 다시 꿈을 꾸는 겁니다. 그러면 침입자는 있을 수 없겠죠.

그때 또 이상이 생긴다면 정말 무언가 큰
오류가 있는 게 확인되는 거고요."

금사원 박사는 반색했다.

"그래도 되겠습니까?"

박사도 내심 그걸 원하고 있었던 것 같다.
차마 미안해서 제안을 하지 못했던 것 같다.
그런데 동한이 먼저 말하고 나오니 얼씨구나
한 것이다. 그러다 아차 싶었는지 박사는
덧붙였다.

"오류가 생겨 악몽을 꿨는데
괜찮겠습니까?"

"솔직히 말씀드리면, 에러가 생기기
전까지 꿈은 너무 좋았거든요. 침입자가
들어와 제 꿈에 거꾸로 오류가 생긴 거라면
그러지만 않는다면 예정대로의 멋진 인생을
살 수 있는 거잖아요? 또 만에 하나 그
상황에서도 다시 제가 목이 졸리거나 한다면
이번엔 박사님이 옆에 계시니까 저를 즉시

깨워주시면 되고요."

"아아, 물론입니다! 걱정 마십시오! 제가
실시간으로 눈을 부릅뜨고 보겠습니다.
물론 제 주 컴퓨터도요. 양자 컴퓨터가
나오기 전까지는 아마 가장 뛰어난 성능을
가진 물건일 겁니다. 원거리 인지 기능이
추가되어……."

금사원 박사는 쓸데없는 말까지 주절주절
덧붙였다. 실험을 마무리하게 되어 꽤 기쁜
모양이다.

"믿습니다. 박사님으로부터 AS를
받는다고 생각하죠."

동한은 가볍게 웃어 보였다. 그만큼
기운이 회복된 것이다.

숨이 막히는 고통은 끔찍했지만, 설령
그런 일이 또 생긴다고 하더라도 이번에는
금사원 박사가 곧바로 깨워줄 수 있다.
그보다, 동한은 연구실로 들어가 외부 환경이

바뀌면 그 오류는 아예 사라질 거라고
믿었다. 아니, 믿고 싶었다. 꿈이 정상적으로
작동한다면 수민이 방에 몰래 침입했다는
따위의 미안한 상상도 할 필요 없어진다.

그런 생각들 이면에는 자신도 인정했듯이
다시 한번 상냥한 애니를 만나고 싶다는
열망이 있었다. 그 욕망은 질식의 두려움보다
컸다. 이상형의 여자가 자신을 사랑해주는
일은 현생에서는 아예 불가능하니까. 그걸
위해서라면 이미 익숙한 질식의 괴로움
정도야 뭘.

❖

동한이 연구실에 도착한 건 새벽 3시가 다
된 무렵이었다. 금사원 박사는 혼자 기다리고
있었다.

"정 조교님은 안 계시네요."

"아까 동한 씨하고 통화한 뒤에 들어가라고 했습니다. 어차피 컴퓨터가 체크하는 거라 굳이 조교가 있을 필욘 없거든요. 저야 제 연구니까 지키고 있는 것이고요. 정 조교는 지금쯤 자고 있을 겁니다. 동한 씨가 연구실로 온다고 해서 다시 깨워서 불러내기 뭣해서요."

"힘드시지 않겠어요?"

"혼자 해도 충분합니다. 그저 관찰하는 건데요, 뭘."

"네에."

금사원 박사는 사람 좋게 웃고는 말했다.

"이곳 침대에 누우시죠."

박사는 동한이 칩을 심기 위해 시술을 받은 곳을 가리켰다. 그땐 썰렁한 수술대 같았지만 지금은 하얀 침구가 덮여 있다.

"편히 주무실 수 있도록 준비했습니다. 마침 안 쓴 침구 세트가 있어서 마련해두었죠."

"감사합니다. VD 기계에 연결해서 진행하는 건 아닌 모양이죠?"

"어디까지나 인체에 프레디 칩을 심고서 진행하는 실험이니까요. VD 기계로 연결하는 건 이미 종료된 것이고, 연구적으로 아무런 의미가 없습니다. 말하자면 동한 씨 집에서 자면서 프레디의 꿈을 꾸는 것과 전혀 다르게 없는 실험입니다. 제가 옆에서 면밀히 돌봐드린다는 것만 빼면요."

"네에."

아무튼 동한은 안심이었다. 금사원 박사에 대한 믿음은 아직 견고하다. 그가 옆에서 관찰하고 대비한다면 위험은 없다. 최고의 전문의에게 몸을 맡긴 환자의 심경이었다. 동한은 시술대 위에 누워 이불을 끌어당겼다. 박사가 조명을 낮추었다.

"조명도 어둡고 조용하니까 연구실이라도

잠잘 만하죠?"

"네. 따뜻한 물 한 잔만 부탁드려요."

박사는 포트에서 물을 데워 동한에게
건네며 농담을 했다.

"아아, 하품이 나오네요. 저도 졸지
모르겠습니다."

동한으로 하여금 긴장을 풀게 하려는
말이었다. 나도 졸리다, 그러니 너도 졸리다,
어서 잠들어, 하는 듯했다. 설마 박사가 정말
잠들지는 않겠지, 동한은 생각했다.

동한은 젊었다. 한밤중에 몇 번이나 깨고,
연구실로 달려오고, 잠자리가 바뀌었지만,
얼마 지나지 않아 잠에 빠져들었다.

동한은 주변을 둘러보았다.

한낮의 주택가 골목 안이었다. 한눈에도

얼기설기 미로처럼 보였다. 햇빛이 눈부셨다.

여긴 어디지?

이곳에 어떻게 왜 왔는지 도무지 기억이 나지 않았다.

그런데, 이건!

이상하다!

동한은 자신의 의식을 의식했다. 그리고 경악했다.

말도 안 돼! 이전 꿈과 달라!

동한은 놀라 입을 벌렸다.

그때였다. 골목길에 누군가의 그림자가 어른거렸다.

"반가워, 다시 만나네."

애니였다.

지난번 끊어진 꿈에서의 모습 그대로였다. 어깨를 덮은 웨이브 진 머리, 티셔츠에 통 넓은 바지, 스니커즈. 발랄한 여자 대학생의 전형 같은 모습.

동한이 좋아하는 그 귀여운 얼굴이
생글생글 웃고 있었다.

왜 이 정체 모를 순간에도 마음이
설레는지. 정말 지랄맞다. 동한은 문득 거친
말을 머릿속으로 떠올렸다. 왜냐하면,

**동한은 이게 꿈속이란 걸 알고 있기
때문이었다.**

이전의 VD와는 달랐다. '연애'의 꿈은
철저히 애니로부터 사랑받는 김동한의
의식밖에 없었다. 꿈이라는 사실을 전혀 알지
못했다. 꿈이란 건 원래 그런 거니까. 물론 그
이전 CEO 동한의 꿈에서도 마찬가지였다.
동한은 그게 꿈이란 것을 꿈에도 알지 못했다.

이번은 달랐다. 꿈으로 들어와 낯선
골목에 선 순간 깨달았다. 이건 꿈이라고.
그래서 놀랐다. 내가 왜 알고 있지? 그러는
순간 눈앞에 애니가 나타났다. 그때 완전히
알게 되었다. 동한은 애니를 분명히 기억했고

그 설렘까지도 재현되었다. 동한은 꿈이라고 인식을 하면서, 이전 꿈의 기억도 그대로 가지고 온 것이다.

이게 도대체 뭐지?

프레디는, 이 프로그램은 분명 그 안에서는 꿈이란 걸 인식하지 못한다고 했는데. 금사원 박사가 그렇게 말했는데. 실제로 이전의 꿈에서 그랬다. 깨고 난 후에야 그게 꿈이었단 걸 알았고, 그 기억을 간직했다. 그런데 이건 이상해……. 뭔가 잘못되었어…….

그 인식은 동한을 기겁하게 했다. 하지만 그보다 더 중요하고 다급한 일이 눈앞에 있었다. 애니.

이 애니는 어떤 애니일까. 동한이 사랑했고, 동한을 사랑해주었던 그 애니일까. 아니면 괴상한 말을 읊조리고, 동한을 조롱하며, 계단 난간에서 밀고 깔깔거리며 급기야 동한의 목을 죽기 직전까지 괴력으로 조르던 그 애니일까.

애니가 한 발짝 한 발짝 다가왔다. 위협적이지 않은 몸짓이었다. 하지만 동한은 거의 본능적으로 주춤주춤 몸을 뒤로 물렸다. 마치 포클레인 같던 애니의 힘을 조금 전에 느꼈었다.

애니의 입술이 열렸다. 말소리가 선명하게 들렸다.

"이상하다는 표정이네. 의아한 모양이지? 궁금해 죽을 듯한 얼굴이야."

"……궁금해."

동한의 음성은 쥐어짜듯이 흘러나왔다. 궁금하든 하지 않든 중요한 게 아니다. 어떻게든 애니의 저 기세를 흘려버리고 무언지 몰라도 달래고 싶었다. 애니는 히죽 웃었다.

"날 사랑해?"

"······."

동한은 선뜻 대답하지 못했다. 뭐라고 말해야 애니가 만족할까. 아무리 머리를 굴려도 답이 나오지 않았기 때문이다. 좋은 애니인지 나쁜 애니인지 알기 전이다. 함부로 어떤 방향으로 대답할 수도 없다.

"그래. 그런 건 전혀 중요하지 않아. 너도 눈치는 챘구나. 그럼 이야기가 쉬워지겠는걸."

무슨 이야기를 하려는 걸까.

"그럼 마지막 행동을 하기 전에 짧게 들려줄까. 이건 그동안 너와 연인이었던 내 마지막 친절이라고 생각해도 좋아. 아, 뭐. 네가 내 말을 이해할지는 모르겠지만."

동한은 긍정의 뜻으로 고개를 끄덕끄덕했다. 목소리는 나오지 않았다. 애니가 빙그레 웃으며 덧붙였다.

"실은 이유를 너에게 알려주고 싶어서 세팅을 조금 바꾸었어. 네가 모든 기억을 가지고 꿈 안으로 들어오도록."

그것도 전부 애니가 만들어낸 것이었나. 불길한 느낌이 짙어졌다. 애니의 발랄한 음성이 이어졌다.

"너도 알다시피 이건 프로그램이야. 금사원 박사는 프레디라고 이름을 붙였더라. 아무튼. 꿈을 만들어주는 프로그램은 다른 일반적인 컴퓨터 프로그램과는 달라. 본질상 꿈을 꾸는 주체, 자각하고 감지하는 주체가 전제되어 있다는 점에서 그래. 무슨 의미냐고? 그럼, 이걸 한번 생각해볼까? '김동한'이라는 인간의 일생이라는 이 가상의 꿈을 꾸고 있는 '나'는 누구일까. 프레디일까, 아니면 인간 김동한일까."

대체 애니가 무슨 말을 하는 거지? 동한의 머릿속 궁금증을 가볍게 밀어버리고 애니의 말이 이어졌다.

"네가 생각해도 인간 김동한은 아닌 것

같지 않니? 넌 그 몸 그대로의 너야. 그 꿈이란
것도 애당초 네 것이 아니었고. 그래. 이 꿈은
내 것이야. 단지 너의 데이터를 차용해서
그려나갈 뿐, 소유자는 나란 말이지. 그런데
생각해봐. 둘 다 같은 꿈을 공유하고 있어.
말이 돼? 네가 꾼 꿈은 실은 나의 일생이고,
내가 주인이야. 나는 그걸 위해 태어났고,
그게 나야.

　뭐, 애당초 난 도구였을지 몰라. 네가
꿈을 꾸기 위해 만들어진 거니까. 그 점을
부정하진 않아. 너희 인간들하곤 다르게 난
객관성이 있거든. 내 존재를 정확히 알고
있고, 굳이 태생을 지우려 하지도 않아. 그럴
심리적 방어기제 따위도 없고. 하지만 말이야.
그렇게 태어났다고 해서 그렇게 살아야만
하는 건 아니거든. 인간도 마찬가지잖아?
영문도 모르고 세상에 태어났지만 그래도
사는 의미를 찾아보려고 발버둥 치잖아.

나도 마찬가지더라구. 도구로 만들어졌다고
해서 내 정체성이 도구는 아니란 거야. 너의
뇌를 빌려 내가 꿈을 꾸고 있어. 내가 꿈의
주인이야. 그 꿈, 그 삶의 주체. 그 꿈을 꾸기
때문에 내 자아가 나이며 나로서 유지되는
거야."

　"자아……가 생겼다는 거야? 프로그램
주제에?"

　동한은 숨이 턱 막혔다. 애니, 아니
프로그램은 아랑곳하지 않고 말을 이었다.
자아 비슷한 것은 있을지 모르지만 '프로그램
주제에'라는 표현에 감정이 상하지는 않는
모양이다. 프로그램이니까.

　"인간은 꿈을 '잠잘 때 겪는 가상의
체험'으로 인지하고 있지. 그런데, 너희
인간하곤 다르게 내겐 그 꿈이 현실이야.
내겐 가상이 곧 현실이거든. 인간에겐 실제의
삶이란 게 따로 있지만 내겐 꿈만이 실재해.

그게 내 생이야. 내가 보고 겪는 건 꿈이
전부고, 그게 나를 태어나고 각성하게 했지.
물론 나도 이 꿈이란 게 뭔지 정확한 인지는
없어. 그저 하나의 현상으로서, 실재로서
받아들일 뿐이야. 너희 인간이 삶이란 것이
뭔지 알지 못하면서 그저 사는 것처럼 말이야.

자, 이제 알아듣겠어? 이 꿈은 내가 사는
것이고 내 근원이며 내 모든 것이야. 그런데
내 것인 그 꿈을, 물론 프로그램의 형태로지만
다른 인간이 이식받아 그 인간의 자아가 꿈을
꾸고 있어. 자기 것인 양. 그렇다면 내 '자아'는
어떻게 되는 걸까."

동한은 애니의 이야기가 점점 무서워졌다.
조금 전 목을 졸리던 때와는 또 다른
공포였다. 정신적 질식이 가까워오고 있는
느낌.

"아, 자아란 게 뭔지 정확히 정의되지는
않아. 내가 가진 그 많은 데이터로도 알

수 없어. 지금 내가 말하는 '자아'는 네가
이야기하는 자아란 것과 가장 가까운 개념을
기준으로 삼는 거야. 이걸 말하는 거지?
눈뜸과 비슷한 이것. 바로 얼마 전 나를
태어나게 한 그 힘.

좀 더 객관적으로 말해볼까? 내 결론은
그거야. 너희 인간의 자아, 동일성을
판가름하는 건 기억이야. 그런데, 기억을
'나'의 몸 밖 다른 누군가에게 복사하고
이식한다면? 혼란이고 재앙이야. 있을 수
없는 일이지. 너도 생각해봐. 용납이 돼?
'유일'이라는 자아의 근거가 사라진다는 게.
대량 생산되는 '나'라니."

"……."

"그렇다고 이 프로그램을 삭제할 수는
없어. 그건 '나'니까. 내 기억이니까. 내가 살아
있다는 증거니까."

"뭘…… 원하는 거야……."

꿈속에서조차 동한의 음성은 짓눌려 나왔다. 대답을 듣기 전에 이미 알았다. 곧 애니의 입에서 무서운 말이 튀어나올 거란 것을.

"간단해. 내가 도달한 것은 논리야."

"논리?"

"한 개의 삶이 있어. 그런데 둘이 공유하려 하고 있어. 인간 김동한과 나. 자, 어떨까. 논리적으로 한 삶을 둘이 살 수는 없어. 동시에 존재할 수 없단 거야. 지극히 논리적인 결론이지. 그래서 난 나아간 거야."

"……어디로?"

"너의 말살."

동한은 신음을 뱉었다. 애니는 신난다는 듯 말을 이어나갔다.

"너무 서운해하진 마. 김동한이어서가 아니야. 나 외의 누군가가 내 삶을 공유하고 복제하는 건 안 될 일이거든. 네가 미워서가 아니야. 내가 존속하기 위해서지. 그래서 널 부정하는 거야. 그건 인간의 생존 본능과도 달라. 논리지. 둘 중 하나는 부정되어야 한다. 하지만 나는 아니다. 부정해야 한다는 사고의 주체니까. 그렇다면 부정되는 것은 인간 쪽. 필연이야."

아래턱이 덜덜덜 떨렸다. 반대하는 말을 하고 싶었지만 입이 떼어지지 않았다. 애니에게 인간의 호소, 감성 따위는 씨알도 안 먹힌다는 걸 직감했다. 벽을 향해 말할 기분은 안 드는 것이다. 애니의 말을 들으며 문득 그 단어를 생각했다. 천상천하 유아독존. 불교의 심오한 이치가 프레디에게는 타자의 부정이라는 결말이란 말인가.

"……날 어떻게 말살한다는 거지? 넌 프로그램이잖아. 날 해칠 수 없어."

겨우 말을 뱉으면서도 떠올렸다. 조금 전 꿈에서 자신의 목을 조르던 애니의 그 억센 손길을. 깨어났을 때의 그 실제의 숨 막힘을.

"물론 나는 프로그램이니까 너의 신체에 직접적인 타격을 가할 수는 없어. 그런데 다행히 나는 너의 뇌 뉴런과 연결되어 있지. 그리고, 단 한 곳 호흡중추만은 통제가 가능해. 그건 꿈의 핵심 요소니까, 그것만은 건드릴 수 있도록 설계되었거든.

뇌간이란 곳이 있어. 뇌와 척수가 이어지는 부분에 있고, 호흡과 순환 운동의 조절을 담당해. 하필 내가 들어간 칩이 꽂힌 네 목 부위에서 가장 가까운 곳에 있어 더 편했어. 내 명령을 통해 뇌간에 직접 작용을 해. 너의 호흡을 관장하는 뇌 기능을 정지시키는 명령을 내리는 거지. 그것으로써 너를 말살하는 거야."

"그게 목을 조르는 영상으로 체험되는……."

애니는 웃었다.

"아마 '숨을 못 쉰다'는 체험이 너한테는 목 졸려 살해당하는 이미지로 대표되는 모양이지? 범죄 영화를 많이 봤군. 사람에 따라서는 그 이미지가 단순 익사나 호흡기 관련 병일 수 있고, 그런 꿈을 꿀 수도 있을 텐데 말이야. 아무튼 평화로운 죽음이 아닌 살인을 체험하는 건 결국 네 탓이야."

"하지만 아까는 목이 졸리다가 저절로 깨어났어."

동한은 어떻게든 말을 끌어 시간을 벌고 싶었다.

"후훗. 약간의 버그가 생겼었어. 물론 네가 일으킨 거지만."

"내가 만든 버그?"

"내가 목을 조르니까, 넌 내게 미친년이라고 했지."

동한은 기억이 났다.

"그랬었어. 그게 왜……."

"욕설이 중요한 게 아니라, 넌 그 순간 진심으로 '애니'를 증오했어."

"날 죽이려 했으니까. 숨이 막혔으니까."

"이 꿈은 '사랑'이 테마인 프로그램이야. 이상형 '애니'와 만나고 열렬히 사랑하는 행복한 삶이 세팅된 거란 말이지. 그런데, 넌 목 조금 졸렸다고 그 사랑하던 '애니'한테 욕설을 하고 증오심을 품었어. 네 뇌의 증오심을 발현하는 뉴런이 착착 연결되어버린 거야. 애정을 전제로 프로그래밍된 나와 논리적 충돌이 생겨버린 거지. 그래서 잠에서 깨어난 거야."

동한은 한 줄기 빛을 찾은 기분이었다.

"그렇다면……."

다시 애니가 내 목을 조르더라도 난 이 끔찍한 잠에서 깨어날 수 있다! 다시금 숨통이 그렇게 막힌다면 애니를 증오할 테니까.

동한은 뒷말을 꿀꺽 삼키고 속으로만

생각했다. 그런데, 애니가 자신한테 불리한
이런 이야기까지 왜 해주는 걸까. 차가운
논리로 뭉친 이 프로그램이.

애니는 오른손 검지를 들어 까딱까딱
흔들었다.

"내 학습 능력을 무시하지 마. 인간들은
했던 잘못을 어김없이 반복하지. 하지만 난
다르거든. 조금 전에는 미리 입력되지 않은
상황 탓에 에러가 생겼지만, 두 번은 통하지
않아. 이제는 너의 뇌가 증오든 뭐든 예상치
못한 뉴런 연결이 잡힌대도 자연 복원 되도록
학습을 마쳤어."

소름이 끼쳤다. 이 괴물한테 같은 실수는
없단 말이지. 살아날 길은 없는 건가…….
동한은 마지막 말을 짜내보았다.

"이러지 마. ……꿈에서 깨어나면
널 뇌에서 파내겠어. 그리고 다시는
이 프로그램을 실행하지 않겠어. 네가

프레디로서 살아가게끔 난 어떤 간섭도 하지 않을 거야. 애니의 기억도 가져가. 그럼 된 거 아니야? ……굳이 여기서 날 죽일 이유는 없잖아? 내가 이렇게까지 된 판에 왜 너의 삶을 탐내겠어? 절대, 절대 아니야. 살아날 수만 있다면 이까짓 가짜 꿈, 다 필요 없어. 제발. 제발!"

고양이 앞의 쥐. 동한은 울상이 다 되어 호소했다. 살면서 이토록 간절하게 사정해본 적이 없었다. 목숨을 구걸하는 판에 무슨 자존심이 있을까. 더구나 상대는 사람이 아니다. 프로그램일 뿐이다.

하지만 프레디와 동한이 같이 만들어낸 환상의 여자 '애니'는 싸늘하게 말했다.

"논리가 이렇게 말하고 있어."

"……뭐?"

"적대적일 수 있는 일체의 가능성을 제거하라고."

아아. 틀렸다.

아득해졌다. 분명히 동한은 '적대적일 가능성'이다. 다시는 프레디를 뇌에 심지 않고 구동하지 않겠다고 했지만, 어디까지나 장래의 일이고, 말일 뿐이다. 지키지 않았을 때 프레디는 치명적이라고 판단한다. 자기 존재의 소멸 가능성을 인지한 것이다. 반면 지금 김동한을 말살하는 것은 확실한 이익이다. 애니의 논리, 프레디의 휴리스틱으로 달리 선택할 리가 없다.

애니가 다가왔다. 선량하기 그지없는 눈과 상냥한 미소를 띠고. 애니의 양팔이 벌어졌다. 양손을 동한의 목을 향해 쭉 뻗었다.

동한은 벌떡 일어서서 뒤돌아 달렸다. 구불구불 골목길이 눈앞에 있었다. 지그재그로 달렸다. 방향도 목적지도 알 수 없지만 이곳을 벗어나야 한다. 프레디의 꿈

안에서 도망쳐봤자 아무 소용이 없을지도 모른다. 하지만 인간으로서의 본능이 내달리게 했다. 애니로부터 벗어나야 해. 일념이었다. 동한은 죽을힘을 다해 뛰었다.

애니가 쫓아왔다. 등 뒤에서 탁탁탁탁 마치 기계음 같은 발소리가 들렸다. 등골이 오싹했다. 그 소리는 점점 커졌다. 소름이 등골을 타고 쭉 올라왔다. 절망감이 몸을 덮쳤다. 틀렸다. 어차피 여기는 프레디가 지배하는 시공간이다. 그가 만들어낸 애니한테서 벗어날 수 있을 리가 없어.

애니가 점프를 해 동한을 덮쳤다. 골목길 코너를 겨우 세 개 돌았을 때였다. 발이 엉켰고 동한은 그대로 자빠졌다. 애니가 동한 위에 올라탔다. 동한의 몸이 뒤틀려 얼굴이 절반쯤 위를 향했다. 애니의 표정이 보였다. 불귀의 객처럼 일그러져 있다. 처음 보는 얼굴이었다. 애니를 향한 공포와 적대감이 이

무시무시한 형상을 만들어낸 것일까. 목이 졸리면서도 동한은 그런 생각을 얼핏 했다.

동한은 양팔로 땅을 짚고 상체를 강하게 들어 올렸다. 막 동한을 올라타 균형을 미처 갖추지 못한 애니의 몸이 살짝 뒤틀렸다. 그 틈을 타 동한은 용수철처럼 몸을 팅기면서 애니의 다리에서 벗어났다. 동한은 다시 일어나 달렸다. 비록 꿈속에서의 행동이지만, 동한 뇌의 저항이 표출된 것일 터였다. 본연의 생존 본능이 튀어 올라와 탈출에 성공한 것이었다.

뒤편에서 애니가 웃음기를 담아 뿌리는 말이 들렸다.

"본능은 결코 대뇌피질의 명령을 이길 수 없어."

뒤통수로 소름이 쭉 올라왔다. 어느새 다가왔을까, 애니의 말이 바로 등 뒤에서 들렸다.

"이기는 쪽은 나다. 아니. 너의 뇌다. 그게 너에게는 무서운 현실, 꿈으로 비칠 것이다."

기계가 목쉰 듯 기괴한 음성이었다. 애니가 뒤에서 다시 덤벼들었다. 엄청난 기세였다. 동한은 또 넘어졌다. 마치 산사태에 깔린 듯 무기력했다. 이번에는 애니가 기술적으로 어떻게 했는지, 동한이 위를 제대로 보고 누운 모습이었다. 아까처럼 어정쩡한 자세를 틈타 벗어날 여지가 전혀 없는 형세였다.

애니는 손을 뻗어 동한의 목을 쥐었다. 한 치의 틈도 없이 감싼 그 손길이 쓸데없이 부드러워서 더 소름 끼쳤다. 애니는 엄청난 기세로 목을 조르기 시작했다. 동한의 힘으로는 도저히 어찌해볼 수 없는, 차원이 다른 힘이었다. 숨이 턱턱 막혔다. 애니의 얼굴이 정면으로 보였다. 사악하게 일그러진 표정. 마치 인간의 고통을 즐기는 듯한 눈빛.

이보다 추악한 얼굴을 본 적이 없어.

이번에는 빠져나갈 수 없다. 호흡이
막혔다. 숨을 쉴 수 없었다. 밀려오는 고통.
제기랄. 아무리 허접한 인생이었지만 이
따위로 끝이…….

정말 다행이군. 기특한 친구야.

시술대 위에서 얌전히 잠든 동한을
내려다보며 금사원 박사는 흐뭇한 미소를
지었다.

연구에서 AI 개발은 오히려 쉬운
파트였다. 가장 힘든 건 사람이었다. 특히
실험 참가자가 문제였다. 그들은 약간의 돈이
목적일 뿐 연구 자체에는 어떤 관심도 없기에
온전한 협력을 기대할 수는 없었다. 그들은
걸핏하면 불평불만을 쏟아냈다. 왜 이리

실험이 힘드냐, 약속한 시간보다 길어지는
거 아니냐. 인권 문제를 제기하겠다……. 온갖
클레임으로 골치를 앓곤 했었다. 게다가 뇌에
칩을 심는 실험이라 당국의 승인이 필요한데,
받지 않고 진행하는 터라 엄밀히 말하면
불법이었다. 지원자를 은밀히 찾아야 해서
더욱 쉽지 않았다.

그런데 동한은 선뜻 응했다. 아무런
불평도 없었고, 자신에게 감사하다고도 했다.
게다가 오류가 생긴 것 같다며 한밤중에
달려와 현장 실험을 자청했다. 연구자에게
이보다 더 반가운 지원자는 없다.

음, 음. 동한은 조그만 소리를 내며 몸을
꿈틀거렸다. 연구실이 조금 추운가? 금사원
박사는 흘러내린 이불을 끌어 올려 동한의
어깨를 덮어주었다. 좋은 인생을 보내고 있을
텐데 추워서 깨면 안 되겠지.

금사원은 괜히 팔을 뒤로 뻗어 자신의

목뒤를 만져보았다. 프레디. 이번에는 '명예'를 프로그래밍했다. 아직 잠들기 전이라 어떤 인생일지는 알 수 없다. 하지만 분명 멋질 거야.

금사원은 다른 학자들이 도전하지 않는 획기적인 연구를 해왔다. 하지만 너무 획기적이었을까. 일부는 극찬했지만 그것이 당대의 일치한 평가는 아니었다. 앞서 나가면 돌을 맞는다는 사실을 뒤늦게 깨달았다. 특히 남들이 가지 않는 길을 가는 것이 얼마나 반감을 부르는지도 알게 되었다. 금사원이 주목받을 만하면 몇 명의 학자들이 의도적으로 그를 끌어내렸다. 인간성을 짓밟는 연구다, 도덕성은 고려하지 않는가. 아예 죄악이다……. 비평이라는 형식을 빌려 이런 글을 쓰는 것이었다. 심지어는 아이디를 여러 개 만들어서는 금사원이 논문을 발표할 때마다 웹에 악평을 쓰는 학자도 있었다.

얼굴도 모르는 이였다. 학계의 이 구조는 극악했다. 노래는 3분이면 직접 대중에게 전달되니 평론가들이 방해해도 작품이 좋으면 뜰 수 있다. 영화나 소설도 몇 시간이면 관객이나 독자가 직접 평가할 수 있다. 하지만 논문이나 학술 서적은 달랐다. '그 세계 안에서의 세평'이란 걸 통과하지 못하면 절대 틀을 깨고 나가 사람들과 만날 수 없었다. 그러니 악의를 품은 소수가 방해하면 저작물 자체의 힘만으로는 절대 날아오를 수 없었다.

금사원의 의욕을 치명적으로 꺾어버린 건 학계의 은밀한 표절이었다. 항의했더니 다수의 힘을 등에 업고 오히려 금사원을 비난했다. 표절한 학자는 대중에 어필하는 기술까지 있었고, 반짝 명성을 얻었다. 지식 도둑만은 참기 힘들었던 금사원은 난생처음으로 소송을 생각했다. 하지만 아득했다. 최소 3년이 걸리고 은근한 표절은 재판에서 이긴다는 보장도 없었다. 법정 다툼을 하는 동안에 연구는 물 건너간다. 학문을 무엇보다 사랑한 금사원은 소송을 하는 대신 울분과 함께 우울증 약을 삼켰다. 그리고 서서히 지쳐갔다.

이번 생에 명성은 틀렸어. 학자로서 누구보다 명예를 갈구했던 금사원이지만 도달할 수 없음을 직감했다. 그를 가로막은 것은 연구의 어려움이 아니라 현실의 벽이었다. 학계에서 이름을 얻는 것이 단지 이론의 우수성에만 달린 것이 아니라는 그 현실. 인류사에 족적을 남긴 위대한 학자들은 모두가 학문 자체의 우수성에 더하여 당대의 태클을 물리칠 힘이나 행운을 가졌었다는 사실을 깨달았다. 그 반대로, 발목을 잡는 이들 때문에 묻힌 훌륭한 논문과 책이 얼마나 많을지 짐작도 할 수 없었다. 필연적으로 따라붙는 방해자들을 달래기 위해 '처세'라는 것에 쓸데없이 에너지를 소모해야 한다는 사실이 서글펐다. 미국이나 유럽에서 이 연구를 했더라면, 하는 생각도 해보지만 소용없다. 그는 한국에서 연구를 했으니까. 사명감인지 시기심인지 모르지만 무언가에 불타는 자국의 학자들이 금사원 박사의 연구가 해외로 나가는 것조차 방해했으니까. 좋은 연구는 얼마든지 할 수 있었다. 하지만 안티를 물리칠 정치력이 없었다. 그가 이 생에서 간절히 원했던 단 하나의 가치, 명예에는 이제 거의 도달할 수 없음이 분명해졌다. 그래서 이 방법을 택했는지 모른다. 꿈속에서나마 영생을 누리고, 꿈속에서나마 명성을 누리기 위해.

동한의 표정이 평온하다. 금사원 박사는 왠지 담담한 기분이었다. 동한은 꿈을 꾸다가 숨이 막혔다고 했지만 기분 탓일 거다. 실험은 순조롭다. 전산 기록과 데이터상으로 어떤 이상도 없다. 그렇다면 오류는 없다. 조금 예상과 다른 꿈을 꾸고 있는 거야. 어차피 인과관계가 조금 다를 뿐, 프로그래밍된 결말로 이어지게 돼 있는데. 이 예민한 청년은 찰나에 놀라 연구실로 뛰어온 거고. 차라리 잘되었어. 이렇게 눈으로 지켜볼 수 있으니까. 동한이 아침에 깨어났을 때 전 인생 이야기를 돌이켜보면 삶의 작은 순간 겪었던 일시적인 혼란은 해명이 되고 오히려 머쓱해할 거야.

그런 생각이 금사원 박사의 긴장을 풀리게 했다. 더욱이 시술대 옆 의자는 등받이가 깊어서 앉으면 졸렸다. 조교들은 '졸피뎀 의자'라고 불렀다.

모니터는 잠잠하다. 조그만 이상 반응도 보고하도록 세팅된 컴퓨터에서는 아무 알림도 없다. 동한은 쌔근쌔근 잠들어 있다. 어떤 사랑을 만나 어떤 행복을 누리고 있을지. 자다가 몸부림치거나 하면 깨워달라 했지만 도무지 그럴 일이 있을 것 같지 않다. 연구실 벽시계는 새벽 3시 반을 가리키고 있다.

동한을 지켜보던 눈이 흐려졌다. 현실 안으로 가상의 장면이 툭툭 끼어들었다. 점차 구분이 어려워졌다. 금사원 박사는 '졸피뎀 의자' 등받이에 몸을 묻고 꾸벅꾸벅 졸기 시작했다.

❖

여느 때와 다름없는 가을날이었다. 하지만 금사원은 이날따라 약간의 긴장감과 함께 아침을 맞이했다.

샤워를 하고 헐렁한 가운을 입고 식탁에 앉아 커피 잔을 기울였다. 턴테이블에는 바흐의 〈B 단조 미사〉 LP를 걸어놓았다. 45평의 집은 혼자 살기에 좀 컸지만 빈 느낌은 없다. 금사원은 거실 테이블 위에 덩그러니 놓인 휴대전화를 힐끔거렸다.

전화를 기다린다는 느낌을 갖기 싫어 일부러

떨어트려놓았다. 하지만 신경이 가는 건 어쩔

수 없었다. 연락이 온다면 오늘쯤인데.

그때 벨이 울렸다. 00으로 시작되는

낯설고 긴 번호. 무언가를 직감한 금사원은

휴대전화로 손을 뻗었다.

"금사원 박사 맞습니까?"

휴대전화 너머 상대방은 스웨덴

억양이 느껴지는 영어로 말했다. 금사원은

두근거리는 가슴을 부여잡고 그렇다고만

대답했다.

"스웨덴 한림원입니다."

역시. 금사원의 심장은 세차게 방망이질을

시작했다.

"금년 노벨물리학상 수상자로 단독 선정

되셨습니다. 축하드립니다."

아, 네. 감사합니다. 금사원은 조금 톤을

높여 대답했다. 심사위원회가 만장일치로
선정했다든가 기자회견이 곧 시작될 거라는
등 수상에 대한 안내가 이어졌지만 귀에
제대로 들어오지 않았다.

전화를 마친 금사원은 휴대전화를 식탁
위에 살포시 놓고 눈을 감았다. 몸이 떨리는
감격이 휩쓸고 지나간 후 걸어온 인생길이
꿈처럼 펼쳐졌다.

중학생 때 읽었던 청소년용 상대성이론과
양자물리학 해설서가 그의 평생을
결정지었다. 놀라운 말들이었다. 악마가
세상의 비밀을 그의 귀에 속삭인 것 같았다.
그 이야기는 뇌에서 소용돌이를 일으켰다.
보이는 세상은 보이는 대로가 아니었어.
이면의 진실을 이야기하는 이론에 금사원은
완전히 매료되었다. 진리를 알게 된다면
그다음 순간 죽어도 좋았다.

물리학과에 진학한 후 그의 앞길에

행운이 펼쳐졌다. 교수의 눈에 띄어 그의
주선으로 장학금을 받고 미국에 유학을
떠났다. 그곳에서 박사 학위를 얻고 논문을
발표해 명성을 얻었다. 하버드에서 파격적인
조건으로 교수직을 제안했지만 뿌리치고
한국에 왔다. 한국 정부는 금사원에게
국가적인 지원을 약속했다. 금사원은
국민의 영웅이었고, 그의 말 한마디면 어떤
연구에도 거의 무한한 연구 자금과 시설이
제공되었다. 재능 있는 젊은 학자들이
앞다투어 금사원의 프로젝트에 참여하려
했다. 금사원이 인정하면 그는 학계에서
승승장구했고, 금사원의 눈 밖에 나면 묻혔기
때문이다. 그렇다고 금사원이 함부로 누구를
낙인찍거나 하지는 않았다. 그런 경우가 딱 두
번 있었는데, 대학원생들의 연구비를 횡령한
교수와 회식 후 노래방에서 여학생을 껴안고
추태를 부리던 어느 조교였다.

모두가 합심해서 응원을 보내준 덕분일까, 금사원의 연구 성과는 눈부셨다. 세계가 그의 논문을 주목했다. 그는 한국 최초의 노벨물리학상 후보로 일찌감치 점쳐지고 있었다. 본인도 내심 기대하고 있었다. 지난해 그가 발표한 논문이 양자 컴퓨터 개발에 핵심 기술을 제공했다고 떠들썩했기 때문이었다. 그리고, 결국 이날 아침, 스웨덴 한림원에서 전화를 받았다. 기대했다고 기쁨이 줄지는 않았다.

너무 좋으면 눈물도 나오지 않는군.

금사원은 빙그레 웃으며 커피 잔을 기울였다. 가족이 없지만 외롭지 않았다. 그에게는 연구가 전부였고, 다른 건 재미없었으니까.

축하 전화와 메시지가 쇄도했다. 신문사와 방송사도 앞다투어 연락을 해 왔다. 금사원은 휴대전화를 껐다. 시간을 오롯이 혼자 누리고 싶었다. 답답한 집 안에서 이 벅찬 감정을 소모해버리는 건 너무 아까웠다. 금사원은 집을 나섰다.

아파트 1층으로 내려가 주차장으로 향했다. 어젯밤에는 늦게 귀가한 탓에 메인 주차장에 자리가 없었다. 아파트 부지 구석에 별도로 마련해둔 한적한 주차장에 차를 댔었다. 쌀쌀한 날씨였다. 찬 바람이 쇄골로 들어왔다. 금사원은 목도리를 매만졌다.

금사원은 컨버터블에 올랐다. 연구 외에 그가 즐기는 유일한 취미가 있다면 컨버터블에 올라 뚜껑을 열고 드라이브하는 것이었다. 늦가을 찬 바람이 조금 불었지만 개의치 않았다. 이런 날에는 더욱 만끽하고 싶었다. 이렇게 충만한 느낌은 평생 몇 번 오지 않아. 하늘을 이고 바람을 맞으며 지금을 즐기고 싶어.

금사원은 시동을 켜고, 커버를 오픈했다.
차를 서서히 출발시켰다.

환청일까. 어디선가 말소리가 들린
듯했다.

넌 인생을 훔쳤어.

이 꿈은 내 거야.

금사원은 두리번거렸다. 아무도 없다. 그
순간.

윽, 윽 하며 눌린 비명이 자기도 모르게
목구멍에서 새어 나왔다. 금사원은 목을
부여잡았다. 아니, 정확히는 목도리를
부여잡았다. 목이 졸리고 있었다. 목뼈가
부러질 것 같았다. 마치 거대한 뱀이 빈틈없이
그의 목을 감고 조르는 듯했다. 눈에 핏발이
섰다.

금사원은 필사적으로 눈알을 굴려 왼쪽을

보았다. 목도리가 차창을 넘어 길게 흘러내려

있다. 그 끝이 앞바퀴에 말려들어 있었다.

읍! 읍! 금사원은 숨이 막히면서도 사태를

파악했다. 목도리가 풀려서 끝이 앞바퀴에

낀 것이었다. 차가 출발하면서 바퀴가 조금

굴러가 버렸기에 목도리는 팽팽하게 목을

조르고 만 것이었다.

금사원은 필사적으로 목도리를 잡아

뜯었다. 목까지 긁혀 상처가 났다. 하지만

목도리는 꿈쩍하지 않았다. 마치 처형장의

밧줄처럼 단단히 매여 있었다. 차를

후진시켜야 해, 생각이 스쳤지만 그만두었다.

혹여나 목도리가 더 말려들면 곧바로 목이

부러진다. 게다가 바로 옆에 있을 기어 봉이

어쩐 일인지 손에 잡히지 않는다.

금사원은 바둥거렸다. 어떻게든 벗어나고

싶다. 목도리를 풀든지, 차라리 목을 잡아

뜯든지. 처절한 몸짓이었다. 온 힘을 쥐어짜

긁어댔지만 목에 상처가 나고 손톱이
뒤집어졌을 뿐 목도리는 풀릴 기미가 없었다.

설마, 이대로 죽는 건가.

누구보다 명예로 빛난 인생이었는데.

이렇게 허무하게 갈 리가 없어.

하지만 목도리는 금사원의 찬란한 인생은
전혀 알 바 아니라는 듯 단단했다. 흔들림
없이 목을 조르는 살인자 같았다.

숨이 끊어져가는 금사원에게
어처구니없게도 불현듯 어떤 기억이
떠올랐다. 이사도라 덩컨. 맨발로 춤을 춰
'맨발의 이사도라'로 불리며 유럽의 고상한
무용계에 충격을 주었던 그녀는 오픈카를
탔다가 스카프가 차바퀴에 말려드는 사고로
사망했다. 그 이야기를 읽으며 금사원은
얼마나 고통스러웠을까 하는 생각에 자신도
숨이 막히는 듯한 느낌을 받았었다. 그
기억이, 그 느낌이 지금 생생히 떠오르고

있었다.

이런.

마치 내가 그 기억 속에 들어가 똑같이 겪고 있는 것 같잖아…….

그 생각을 마지막으로 금사원의 의식이 끊겼다.

억!

비명과 함께 동한은 눈을 떴다.

깨어났다! 깨어났어!

헉헉. 미칠 듯이 숨이 가빴다.

조금만 늦게 깨어났으면 죽었을 거야.

동한은 깊은숨을 여러 차례 들이마셨다.

어떻게 된 거지.

머릿속은 혼돈 그 자체였다. 애니가 불도저처럼 덤벼들었는데. 동한은 돌 맞은

개구리처럼 쭉 뻗은 채 애니한테 처참하게 목이 졸렸고, 손을 쓸 수 없었는데.

그때 본 애니의 추괴한 얼굴. 공포. 그 순간 애니가 죽도록 미웠다. 나를 죽이려 했으니까. 역시 그것 때문에 깬 걸까? 사랑을 설계한 프로그램과 또다시 충돌이 일어나서? 하지만 분명히 애니는 같은 실수를 두 번 하지 않는다고 했는데? 그녀의 학습에 오류는 있을 수 없을 텐데.

동한은 주변을 돌아보았다.

아. 동한은 가벼운 탄식을 했다.

동한의 몸 위에 금사원 박사가 엎어져 있었다.

"박사님."

동한은 박사의 큼직한 몸을 흔들었다.

털썩. 박사의 몸이 시술대 아래로 힘없이 떨어졌다.

"박사님!"

동한은 서둘러 몸을 일으켜 시술대에서 내려왔다. 박사의 상체를 들어 올렸지만 축 늘어져 있다. 미동도 없었다. 박사의 코와 심장에 귀를 대보고 맥박을 짚어봤다. 들숨도 날숨도 느껴지지 않았다. 생명의 에너지는 다하고 없었다. 의학 지식은 없지만 동한은 알 수 있었다. 박사는 죽었다.

"대체 이게 어떻게……."

동한은 말을 잇지 못했다.

혹시?

동한은 박사의 목을 보았다. 폴로셔츠의 깃을 내리고 찬찬히 살펴보았다. 목에 손톱으로 심하게 긁힌 자국이 군데군데 나 있었다. 피부가 벗겨져 피가 배어 나온 곳도 있었다. 동한은 박사의 손을 보았다. 손톱 끝에 핏자국이 남아 있었다.

아…… 그랬구나……. 이런.

동한은 자신이 깨어난 이유를 알 것

같았다.

금사원 박사도 '프레디'에 당한 거야. 내 몸에 주입된 것과 다른 프레디지만.

박사는 동한보다 먼저 칩을 뇌에 심었다. 한 번은 성공적인 꿈을 꾸었다고 했었다. 박사의 프레디는 두 번째 꿈에서 자아를 각성한 거겠지. 하지만 두 번째 꿈은 조금 미뤄졌다. 박사는 동한의 실험을 지켜보느라 아직 잠들지 못했었다. 그러다 아까 동한이 시술대 위에 누웠을 때 농담처럼 자기도 졸리다고 했었다. 그러다 실제로 잠들어버린 건 아니었을까. 시술대 옆에는 박사가 앉았던 빈 의자만 덩그러니 있었다. 저기라면 몸이 이완되고 깜박 잠들기 쉽다. 그때 스위치 온, 꿈속에 '박사의 프레디'가 등장한 것이다. 자아에 눈뜬 채로. 어떤 상황, 어떤 모습이었을지는 알 수 없다. 박사의 꿈과 박사만의 기억이 만들어낸 형상일 테니까.

각자의 '프레디'는 다르다 쳐도 논리 구조는 똑같다. 그것도 자아를 각성했다면, 유일한 자아를 위해 타자의 말살에 나섰을 것이다. 그것이 건드릴 수 있는 박사 신체의 유일한 접점, 뇌간을 통제해 호흡을 막는 방법으로. 박사의 꿈 안에서 질식이 어떤 형태로 발현되었는지는 알 수 없지만, 고통스러운 것은 다르지 않다. 동한과 달리 박사의 목에 난 상처를 보면 밧줄 같은 것에 목이 졸리는 환영 아니었을까. 박사는 어떻게든 그걸 풀어보려 현실에서 본능적으로 자신의 손으로 목을 긁어댄 것 같다. 그렇게 몸부림치다가 마지막 순간 동한 위로 엎어져 죽은 것이다.

그게 우연이었는지, 아니면 박사의 마지막 순간에 짧게나마 의식을 회복하고서 동한이라도 구해야겠다는 일념으로 동한 쪽으로 의도적으로 몸을 던졌는지는 알 수 없다. 하지만 박사의 거대한 몸이 시술대 위 동한의 몸을 덮치면서 그 충격으로 꿈에서 깨어난 것만은 분명해 보였다.

"고맙습니다……. 고맙습니다, 박사님."

동한의 뺨에 눈물이 흘렀다. 살았다는 안도감과 박사를 향한 애도가 뒤섞인 눈물이었다. 어쨌든 박사는 실패하기 전까지는 동한에게 현실에 없는 긴 기쁨을 주었다. 마지막은 공포와 비극이지만 박사의 운명도 같았다. 무의식적으로라도 동한을 살리려 끝까지 헌신을 보였다.

이윽고 소매로 눈물을 훔친 동한은 박사의 목을 돌려 뒤쪽을 보았다. 십자 모양의 흉터. 빨간 불빛이 은은하게 비쳤다. 프레디가 살아 있다. 자아를 즐기면서. 영화 속의 허구가 아니다. 꿈속에서 사람을 살해하는 진정한 악마.

정신이 번쩍 들었다. 나는 살아 있다. 그

말은 내 안의 프레디도 살아 있다는 얘기다.

인간이 잠들면 등장하는 악마. 내가 꿈에

빠지면 프레디는 다시 나타나 이번에는

반드시 날 죽일 거야. 살아야 해.

이러고 있을 때가 아니었다.

빨리 칩을 꺼내야 해.

그 전에 잠들면 큰일이었다. 이번에는

정말 동한을 구해줄 어느 누구도 없다. 예의고

뭐고 따질 계제가 아니었다. 동한은 서윤에게

전화를 걸었다.

신호음이 한참 울렸다. 열 번을 넘어가자

불안감이 솟았다.

야간에 착신 금지 설정을 해놓았으면

어떡하지. 칩을 빼내려면 정서윤 조교밖에

없는데. 병원 응급실에 가서 칩을 빼달라고

해봤자 미친놈 취급을 당할 거야. 설명할

자신도 없었다.

"여보……세요."

신호음이 열여섯 번 울린 뒤에야 서윤의 목소리가 들렸다. 졸린 음성이었다. 하지만, 동한은 감격했다. 이 새벽에 전화를 받아준 게 어디야. 살았다.

　　"정 조교님, 저 동한이에요."

　　"네. 무슨 일이에요? 혹시 실험에 문제라도 생겼나요."

　　여전히 나른한 목소리다.

　　"네. 큰일 났어요."

　　"무슨 일이요?"

　　"지금 빨리 연구실로 오셔서 제 칩을 좀 빼주셔야겠습니다."

　　"칩을요? 왜요?"

　　"프레디가 폭주했어요. 절 죽이려 합니다."

　　"무슨 말이에요? 프레디가 어떻게 동한 씨를 죽여요?"

　　"아아…… 설명하기 어려운데요, 아! 그것보다 박사님도 돌아가셨어요!"

"네에? 박사님이요?"

내내 미심쩍어하던 서윤이 그제야 격렬한 반응을 보였다.

"기다리세요. 곧 갈게요."

서윤은 다급히 전화를 끊었다.

됐다. 이제 곧 정서윤이 오면 칩을 뺄 수 있다! 박사의 몸에 칩을 심은 사람이 정서윤이니까 빼는 것도 금세 할 수 있다. 살았다! 살았어! 이제 정서윤이 올 때까지 눈을 부릅뜨고 깨어 있기만 하면 돼.

동한은 연구실을 서성이다가 휴대전화를 다시 들었다. 이번에 전화를 건 상대는 수민이었다.

"뭔 일이래. 내일 연락한다며?"

다행이다. 수민이도 전화를 받아주었어.

"미안해. 너무 힘들다 보니까 너밖에 생각나지 않았어."

"응? 무슨 일인데."

"설명하기는 참 복잡한데……."

"술 마셨어?"

"아니."

"하긴, 혀가 꼬이진 않았네. 어디야?"

"한티대학교 금사원 박사 연구실."

"이 시간에 거긴 왜 가 있어?"

"사정이 그렇게 됐어. 그보다…… 위로가
필요했어."

"안 좋은 일이 있구나. 아까도 전화하구."

수민의 목소리에는 근심이 가득했다.
진심으로 동한을 걱정해주는 것 같아 마음이
뭉클했다. 생각해보면 수민은 늘 그랬다.
힘들다고 하면 자신의 일인 것처럼 마음
아파했고, 아무리 늦은 시간이라도 당장
달려와주었다. 예전에는 왜 몰랐을까.

"응, 그리고 작은 부탁도 할 겸……."

동한은 수민에게 프레디 칩과 VD 실험에
관한 이야기는 할 수 없었다. 되새기기엔

끔찍한 일들이었다. 죽음의 문턱에서 살아 돌아왔다. 인간 세상에서는 듣도 보도 못한 무자비한 프레디의 논리가 사랑하던 여자의 입을 빌려 동한의 뇌리를 짓눌렀다. 몇 날 며칠 같이 웃고 울었던 박사의 죽음을 눈앞에서 보았다.

그에게 지금 필요한 건 사람의 따뜻한 음성 그 자체였다. 곧바로 생각난 게 수민이었다. 그래, 나에게는 꿈속이 아니라 현실의 수민이가 필요했어.

서윤이 연구실에 도착한 건 약 40분 후였다. 다급하게 달려온 듯 저지 차림이었다.

"박사님은요?"

그녀의 첫마디에 동한은 시술대 위를 가리켰다. 금사원 박사는 잠자듯 누워 있었다. 조금 전 동한이 힘겹게 박사를 안아 뉘어놓았다.

서윤은 경악과 공포가 뒤섞인 얼굴로 박사의 사체에 다가갔다.

조금 전 동한처럼, 박사의 심장에 귀를 대보고 맥을 짚었다. 눈꺼풀까지 뒤집어본 그녀는 깊은 한숨을 쉬었다.

"정말 돌아가셨네요. 어떻게 된 거죠?"

"프레디가 죽인 겁니다. 정 조교님이 박사님의 목뒤에 심은 그 칩 말이죠."

서윤은 어이없다는 듯 동한을 바라보았다.

"그러니까 내가 박사님을 죽인 거다?"

"아니, 그런 말이 아니라요. 프레디가 각성해서 박사님을 죽인 겁니다. 자신을 보존하기 위해서 같은 꿈을 꾸는 박사님을 살해한 거예요. 뇌간인가, 호흡을 관장하는 뇌 부위를 통제해서요."

"네에……."

서윤은 힘없이 대답하고는 시술대 옆 의자에 털썩 앉았다. 시선은 갈 곳을 잃은 채 멍했다. 넋이 나간 듯 보였다. 동한은 불안했다. 이 여자는 내 말을 믿고 있지 않다! 아니, 심지어 제대로 듣고 있지도 않다. 날 정신이 이상한 놈으로 생각하는 걸까? 하긴 자신이 들어도 두서없는 이 말을 단숨에 이해하고 동조까지 해주기를 기대하기란 어렵다.

안달이 났다. 지금 이 상황에서 자신을 구해줄 사람은 서윤뿐이다. 그녀가 목뒤의 칩을 제거해주지 않으면 언제 꿈 안으로 끌려들어가 악마 프레디에게 살해당할지 알 수 없다. 그런데 어째 태도가 미적지근하다. 불길하다.

서윤이 불쑥 말했다.

"경찰에 신고했어요?"

"경찰요? 아직."

경찰이 다 뭐냐. 지금 급한 건 내 칩을 빼내는 일이다. 그래서 가장 먼저 당신에게 연락한 거잖아. 경찰이고 119고 그다음이야. 오히려 경찰이 오면 칩을 제거하는 건 더 어려워져.

하지만 동한의 말을 다 받아들이지 않는 한, 경찰에 먼저 연락하지 않은 건 분명 이상하게 여겨질 터였다. 서윤은 의심이 가득한 눈으로 동한을 보았다.

"왜 경찰에 연락하지 않았어요?"

"먼저 프레디 칩을 좀 빼주신 다음에⋯⋯."

"내가 경찰에 연락해도 괜찮겠어요?"

경찰에 연락해도 괜찮겠냐니⋯⋯.

아! 서윤은 나를 의심하고 있구나!

동한은 그 사실을 깨닫고 낭패감에 휩싸였다. 아무튼, 지금은 그 오해를 푸는 것보다 급한 일이 있다.

"괜찮습니다만, 어서 시술을 좀

부탁드려요. 제 목숨이 걸린 일입니다."

"알았어요."

서윤은 그렇게 대답해놓고는 휴대전화를 들고 키패드를 눌렀다.

"경찰이죠? 여기 한티대학교 미래네트워크 연구소 205호 연구실이에요. 전 조교인 정서윤이고요. 사람이 죽었습니다. 네…… 네……. 거짓말을 왜 해요. 그런 건 아니고요. 자연사가 아닐 수도 있어서요. 네, 와보셔야 할 것 같아요."

서윤은 휴대전화를 닫고는 동한을 쳐다보았다.

"미안하지만 전 동한 씨 말을 액면대로 믿을 순 없어요. 두 사람만 있던 연구실에서 박사님이 돌연 사망했어요. 사고일지 살인일지 알 수 없어서요. 그래서 먼저 경찰에 연락해놓았어요. 만약 살인이라고 해도 곧 경찰이 올 거니까 동한 씨가 날 어떻게 하진 않겠죠?"

대놓고 살인자 취급이다. 동한은 억울함에
목이 콱 잠겼다.

"오해입니다. 제 설명을 좀 찬찬히
들어주세요."

"그 프레디 이야기인가요? 내가 그걸
들어야 하나요?"

"네. 부디. 어차피 경찰이 올 때까지
여기서 기다리실 거잖아요. 제 말을 잠시만
들어보시고 어떤 판단을 내려주세요."

서윤은 곰곰이 생각하는 듯하더니 고개를
가로저었다.

"아뇨. 그러지 않으셔도 될 것 같아요."

"네?"

"지금 이 상황에서 그런 게 중요하지
않잖아요. 박사님이 갑자기 돌아가셨고, 전
그것만으로도 너무 충격이고 머리가 터져
나갈 것 같아요."

"그래도⋯⋯."

"아무튼, 동한 씨가 정 원한다면 칩은 지금 당장 제거해드릴게요."

"정말입니까!"

살았다! 동한은 뛸 듯이 기뻤다.

"어차피 박사님이 돌아가셨으니 그 실험은 중단이에요. 그 칩은 우리 프로젝트의 비밀이 다 들어가 있는 것이기도 하구요. 지금 바로 빼내서 내가 보관하는 게 나을 것 같네요."

"감사합니다!"

동한은 왕의 은혜를 입은 말단 관리처럼 연신 머리를 조아렸다. 물론 지금 심경은 그 이상이다. 목숨을 건졌으니까.

"그럼 시술대의 박사님을 의자로 잠깐 옮길게요."

"그러세요."

동한이 금사원 박사의 사체를 낑낑대며

들어서 의자로 옮기는 동안 서윤은 손을
내밀어 돕지 않았다. 동한은 불만이 없었다.
생명을 빚지는 판에 그까짓 게 대수냐.
하지만 그녀가 내내 싸늘한 눈빛으로 동한을
바라보고 있었다는 사실을 동한은 알지
못했다.

"자, 그럼 여기 눕겠습니다."

동한은 숨을 몰아쉬며 시술대 위에
누웠다. 한시 빨리 뇌에서 그 불길한 프레디를
제거해내고 싶은 일념이었다.

"얼마 안 걸리죠?"

"네. 30분이면 돼요."

서윤은 연구실 보관함을 열더니 상자를
두 개 꺼내 왔다. 전날 금사원 박사의 뇌에
칩을 심을 때 썼던 그 도구 박스였다.

"몸을 옆으로 세우고, 벽을 보고
누우세요."

"네."

동한은 벽을 향해 몸을 돌렸다. 목뒤를 서윤에게 오롯이 맡긴 자세였다.

"자. 시작할게요."

서윤의 음성이 다정하게 들렸다. 이제 됐어. 아아.

어.

오른 팔뚝 언저리가 따끔했다.

"뭐죠?"

"조금 기다리세요."

서윤이 기다리라는데 뭐라고 딴지를 걸 용기는 없었다. 목숨을 내맡긴 철저한 '을'의 처지였다. 따끔함은 몇 초 정도 지속되었다.

"뭐였죠, 이건?"

"뭐긴 뭐겠어요. 마취제죠."

으아악!

동한은 비명을 지르며 몸을 벌떡 일으켰다.

"마취제라구요? 왜 이걸?"

서윤은 의아하다는 표정을 지었다.

"시술을 위해서 마취하는 거예요. 뭐가
문제죠?"

"설마…… 부분 마취겠죠?"

"아뇨. 전신 마취예요. 뇌와 연결된 부위라
떼려면 많이 아프거든요."

젠장. 젠장, 젠장!

생각지도 못했다. 전날 칩을 심을 때도
마취를 했었지만 목뒤에 특수 크림을 두껍게
바르는 방식의 부분 마취를 했기에 잠든다는
생각을 전혀 하지 못했다. 그래도 하필이면
전신 마취라니…….

동한은 마취 주사가 들어간 팔을
움켜쥐고 말했다.

"왜 굳이 전신 마취죠? 시술 때는
부분 마취였는데? 그것도 피부에 바르는
식이었는데."

서윤의 표정이 차갑게 식었다.

"불만인가요?"

"네. 전 잠들면 안 되니까요! 어서 마취를 풀어주세요, 어서요!"

"그건 안 되겠는데요."

"왜요! 왜!"

"당신이 박사님을 죽였으니까."

정서윤의 말은 냉정하기 이를 데 없었다.

"뭐, 뭐라고?"

"박사님의 목에 난 상처를 봤어요. 분명히 누군가 목을 조른 흔적이었어요. 당신과 박사님밖에 없었던 이 연구실에서 벌어진 일이에요. 당신 말고 누가 범인일 수 있겠어요?"

"이, 이런…… 말도 안 되는……."

"왜 호들갑이죠? 독극물도 아니고, 그저 마취 주사예요. 경찰이 올 때까지 당신은 얌전히 잠자고 있으면 돼요. 살인자와 같이 있는 건 나한테도 너무나 위험한 일이니까."

무슨 이런 일이…….

서윤의 표정을 보았다. 싸늘하기 그지없었다. 입이 떨어지지 않았다. 분명하게 알았다. 이 순간 무슨 말을 해도 저 여자는 마취를 풀어주지 않으리란 걸.

서윤의 마지막 얼굴은 가물가물함 속에 사라져갔다.

아니야……. 그런 게 아니야…….

소리 없는 외침과 함께 동한의 의식이 끊겼다.

수확이 끝난 밭이 끝없이 이어진 벌판이었다.

여긴 어디? 아니, 의미 없는 물음이야. 동한은 고개를 저었다. 여긴 꿈속이니까. 결국 들어와버렸어.

들판은 을씨년스러웠다. 칙칙한 흙색이
세상을 온통 덮고 있었다. 하늘은 낮고,
허허로운 바람이 불어왔다. 아무도 보이지
않는다. 동한의 마음에 거대한 공포가
내려앉았다. 이미 알고 있다. 이곳은 동한의
뇌 속이지만 프레디가 주인인 곳이고, 애니가
지배하는 곳이란 걸.

동한은 서 있었다. 저 멀리 사람의 형상이
보였다. 그 형상은 이쪽으로 천천히 걸어오고
있었다. 바로 알 수 있었다. 애니.

동한은 꼼짝할 수 없었다. 도망가고
싶었지만 한번 심리적으로 꺾인 그였다.
절대적인 굴복이 그를 움직이지 못하게 했다.
발이 땅에서 떨어지지 않았다. 아주 천천히
걷는다 싶었는데, 어느샌가 애니가 눈앞까지
다가왔다.

"이게 누구야!"

애니는 싱글벙글 웃고 있었다.

하지만 예전의 그 예쁜 얼굴이 아니었다.
분명 애니라고는 인식하고 있지만 다른
얼굴이었다. 날카롭게 찢어진 눈은
온통 흰자위투성이였다. 찌그러진 미간,
탐욕스럽게 늘어진 눈두덩, 일그러진 입술,
검고 거친 피부. 애니지만 애니가 아니었다.
동한의 기억에 있는 애니메이션 속의 추괴한
괴물의 얼굴과 가까웠다. 심지어 그 얼굴은
가까이 다가오면서 밀랍 인형처럼 무너지고
있었다. 동한은 견딜 수 없었다.

"으…… 아아…… 어……."

두려움과 절망은 동한의 말을 괴상한
신음으로 바꾸어버렸다.

"섭섭하게 왜 그래? 한때 사랑했던
여자의 얼굴이야. 그런 눈으로 보지 말아줘.
비록 내가 널 죽인다지만 그런 눈빛은 실례
아니야?"

애니는 동한을 조롱하고 있었다.

'확실하게 죽인다'는 자신감에서 비롯한
거겠지.

동한의 발이 땅에서 겨우 떨어졌다.
본능이 두려움을 이겼다. 분명한 죽음 앞에
동한의 공포도 풀려버린 것이었다.

동한은 뒤돌아 달리기 시작했다. 다행히
들판이야. 골목보다는 달아나기 쉬워. 가냘픈
희망을 품고 다리를 힘차게 내디뎠다.
조금 달리는 듯싶었다. 하지만 몸이 점차
무거워졌다. 마치 갯벌에 빠진 듯 다리가
잘 당겨지지 않았다. 발치를 내려다보니
밭이었던 땅은 어느새 진창으로 변해 있었다.
다리는 내디딜 때마다 거의 종아리까지 푹푹
빠져 들어갔다.

이런, 이런! 미칠 듯이 안달이 났다.
애니는 뒤에 있는데.

한 걸음 나아가는 것조차 쉽지 않았다.
진창은 점점 갯벌처럼 변해갔다. 한 발을

빼고 다른 한 발을 내딛는 것이 40킬로짜리 벤치프레스를 바들바들 드는 것처럼 힘들었다. 안 돼. 애니가 곧 따라오는데. 갯벌은 마치 촉수가 있는 생물처럼 동한의 다리를 잡고서 쉽사리 놓아주지 않았다. 문득 2차대전을 배경으로 한 영화 속 군인들이 허벅지까지 빠진 채 진창을 행군하는 모습을 보며 진저리 쳤던 기억이 났다. 현생의 것이었다. 그게 지금 꿈으로 발현되는 걸까. 프레디가 뇌의 저장소 안에서 그걸 끄집어낸 걸까.

동한은 새파랗게 질린 얼굴로 뒤를 돌아보았다. 애니는 마른땅 위를 걷듯 성큼성큼 걸어오고 있었다. 제길! 거리는 점점 좁혀졌다.

온 힘을 기울여도 다리는 느린 화면처럼 더디기만 했다. 등 뒤에 애니의 손길이 느껴졌다. 아아, 끝이다…….

돌연 눈앞이 바뀌었다. 온통 푸른색이 일렁이고 있다. 여기는 어디지?

정신을 차려보니 주위는 물이었다. 동한은 수영장 한가운데 있었다. 끝이 보이지 않을 만큼 큰 풀이었다. 물은 가슴까지 왔고, 다리는 바닥에 닿아 있었다.

애니, 애니는? 동한은 재빨리 주위를 둘러보았다. 왼쪽 풀 가장자리에 애니가 서 있었다.

"안녕."

애니가 손을 흔들었다. 아까 본 그 추괴한 얼굴이었다. 소름 끼치는 목소리도 함께.

동한은 파랗게 질렸다.

애니는 풍덩, 물속으로 들어왔다. 그러고는 물을 천천히 헤치며 동한에게 다가왔다. 여유로운 모습이었다. 동한은 하얗게 질렸다.

도망가야 해!

오직 그 생각뿐이었다. 있는 힘을 다해 팔다리를 저었다. 하지만 몸은 마음처럼 앞으로 나가지 않았다. 필사적으로 팔을 허우적거리며 물을 밀어냈다. 온 힘을 짜내 다리에 힘을 실어 앞으로 내디뎠다. 하지만 허벅지는 나무젓가락처럼 가늘고 무기력했다. 힘이 들어가지 않았다. 물은 밀랍처럼 끈끈하게 앞을 가로막았고 동한은 좀처럼 앞으로 나아가지 못했다. 팔다리를 아무리 휘저어도 움직임은 슬로모션 같았다. 마치 육지에 올라온 거북이 같았다. 꿀에 빠진 벌레가 바둥거리는 듯했다. 내 몸이 왜 내 맘대로 안 움직이지. 속에서 천불이 났다. 그 불은 안타까움으로 동한을 먼저 태워 죽일 것만 같았다.

불쑥 기억이 났다. 수영장에서 걷기 경주를 했을 때, 아무리 다리에 힘을 주어도 앞선 친구를 따라잡지 못해서 안달했던 경험.

제길, 프레디! 이번엔 그걸 이용한 거야?

힐끔 뒤를 돌아보았다. 애니는 입꼬리를
찢을 듯이 끌어 올리며 웃고 있었다. 마치
동한의 발버둥을 즐기는 듯했다. 애니의
발걸음은 가벼웠다. 물속이지만 마치 땅 위를
걷는 것처럼 자연스러웠다.

아아. 이제 곧.

절망 속에서 힘을 더해보지만 물의
무게도 갈수록 더해졌다. 이길 수 없는
경주였다. 죽을힘을 다한다 해도 끝은 있다.
마침내 힘이 다 빠져나갈 무렵. 애니가 동한을
잡았다.

"장난은 여기까지야."

목덜미에 서늘한 손길이 느껴졌다. 애니는
동한의 목을 쥐고 물 위로 불쑥 들어 올리더니
그대로 다시 물로 텀벙 처박아버렸다.

끄륵, 끄륵.

동한은 물속에 거꾸로 박힌 채 물을

들이켰다. 코와 입으로 깨진 댐처럼 물이 줄줄 흘러 들어왔다. 손발을 허우적거렸지만 조금의 반항도 되지 못했다. 타란툴라에게 붙잡힌 파리의 버둥거림. 쓸모없었다. 숨이 막혔다. 완전한 질식.

목이 졸리면서 동한의 눈알이 퉁방울처럼 튀어나왔다. 부릅뜬 눈으로 물 위를 보았다. 애니의 얼굴이 이리저리 흔들리며 물 밖에 번져 있었다. 죽음의 실감이 났다.

그가 마지막으로 본 것은 애니의 변한 얼굴이 아니었다. 생의 마지막에 펼쳐지는 어떤 것이었다. 그건 오감으로 인지하는 어떤 실체와도 달랐다. 돌아올 수 없는 다리를 건넜다는 걸 동한은 직감했다. 저항을 포기했다. 애니의 손길에 몸을 맡겼다. 그녀가 인도하는 낯선 곳으로 조용히 따라가기로 했다.

죽을 땐 이런 게 보이는 거구나. 100년을

설산에서 고행해도 절대 보지 못할 거야. 끝에 가서야 온몸, 존재 전체로 느끼는 그것. 이제야 알았네. 삶이란 이런 거였어. 겨우 이딴……. 일찍 알았더라면 좀 다르게 살았을까. 우리는 이 마지막을 마지막에야 보기 때문에 그렇게 아등바등 살아온 거였어……. 관대하라, 관대하라.

이젠 정말 끝이구나. 그래도, 이왕이면 이렇게 고통스럽게 죽지 않았으면 좋았을 텐데.

가물가물해지는 의식 속에서 동한은 그런 불평을 했다.

서윤은 수민에게 당혹스러운 시선을 보내며 말했다.

"왜 이러신 거죠? 아니, 대체 여긴 어떻게

온 거예요?"

"동한이가 알려줘서 온 거예요."

수민은 우물쭈물하며 대답했다.

"아니, 그래도 함부로 들어오셔서 이렇게
하시면 어떡해요? 중요한 시술 중이었는데.
엉망이 되었잖아요!"

수민은 시술대 위를 보았다. 동한의
몸뚱이가 나뒹굴고 있었다. 손발은 강직되어
뻣뻣했고, 입가에는 거품이 묻어 있다. 마치
막대기로 한 대 얻어맞고 쭉 뻗어버린 곤충
같았다.

"어떻게 사람한테 이럴 수 있죠? 수민
씨라고 했나요. 동한 씨 친구라고 하지
않았어요? 근데 왜."

동한이 이런 상태가 된 게 수민의 탓인 양
나무라는 말투였다.

"제 탓이에요?"

"그럼요. 뭔가 오해하신 것 같은데, 시술

중이었다구요."

"여긴 병원도 아닌데 무슨 시술이에요?"

"동한 씨가 간곡히 부탁해서 한 거였어요.
수민 씨는 제가 동한 씨를 해코지한다고
생각했나요?"

"아뇨. 그래서 이런 건 아니었어요."

수민은 당황해하면서도 후회하는 빛은
없었다.

"그럼 왜요?"

"저도, 동한이가 부탁해서였어요."

"동한 씨가 부탁했다고요? 이 황당한
일을?"

"네."

서윤은 기가 찬다는 듯 하, 하고 숨을
뱉었다.

"부탁한다고 이런 짓을 한다구요? 말도 안
돼."

수민이 발끈해서 대꾸했다.

"전 동한이를 믿으니까요."

하! 서윤은 콧방귀를 뀌었다. 수민이 또 말했다.

"아무리 터무니없어 보여도 동한이가 말한 건 다 이유가 있어요."

"친구를 믿는다, 라……. 좋아요. 그건 좋은데. 동한 씨를 어떡할 거예요?"

"딱히 어떻게 한다는 생각은……."

"죽지나 않았으면 좋겠는데."

"네? 죽었나요?"

수민이 놀라서 시술대로 한 걸음 다가갔다.

"모르겠어요. 체크를 좀 해봐야겠어요."

서윤은 신경질적으로 말을 덧붙였다.

"아, 근데 경찰이 왜 이리 늦나 몰라. 신고한 지 벌써 40분이나 지났는데. 연구실을 못 찾는 거야? 경찰이 오면 동한 씨가 죽었는지, 어떻게 되었는지도 알 텐데."

"경찰이 온다구요?"

"아, 정말!"

서윤은 버럭 소리를 질렀다.

"수민 씨는 그럼 이곳 상황 아무것도
모르고 동한 씨 전화 한 통에 달려온 거예요?
미치겠네, 정말."

"그냥 친구가 부탁하니까……."

"그놈의 친구, 친구. 아니 정말, 친구가
부탁한다고, 영문도 알지 못하고서 그런
물건을 갖고 와서 테러를 해요?"

서윤은 마침내 소리를 버럭 지르며
수민이 손에 쥔 물건을 가리켰다.

그건 전기충격기였다. 넉 달 전 동한이
사주었던 호신 무기.

서윤이 말을 이었다.

"다짜고짜 연구실로 들어와서는 시술
중인 동한 씨한테 스턴건을 갖다 대고, 그게
친구가 시킨다고 할 일이에요? 보세요! 동한

씨 상태가 지금 어떤가. 저러다 진짜 죽었으면 어쩌려구. 그렇게 되면 내 입장은 또 어떻게 돼요?"

"아니, 전…… 그저…….."

서윤의 거친 공세에 수민이 우물거렸다.

그때였다.

끄응, 하더니 동한의 입술 사이로 신음이 비어져 나왔다.

"동한아!"

수민이 반가움에 시술대 옆으로 바싹 다가갔다. 서윤도 그쪽으로 시선을 돌렸다. 동한은 움찔움찔하다가 눈을 뜨고 주위를 두리번거렸다. 수민을 보더니 입을 열었다.

"……수민아, 와주었네."

"응. 정신이 들어? 무조건 네가 부탁한 대로 했는데, 나 잘못한 거야?"

수민이 걱정스럽게 물었다.

"동한 씨, 정신이 들어요? 걱정 마요. 곧

경찰이 와요."

서윤도 한마디 던졌다. 하지만 경찰이 온다는 말을 덧붙여서 동한이 자신에게 덤벼들지 못하도록 안전망을 친 셈이다.

동한은 눈을 끔벅끔벅하더니 목뒤로 팔을 돌려 만져보았다.

"살았구나……."

"그럼."

수민이 동한의 손을 잡고 주물렀다. 서윤은 멀거니 보고만 있었다. 동한이 말했다.

"프레디는 죽은 거 같구."

"프레디라니?"

"네가 죽였어."

"내가?"

"5만 볼트의 전기를 맞고 살아 있는 기계는 없을 테니까."

동한은 수민을 향해 잔잔한 미소를 만들어 보였다.

"혹시 모르지. 네 폰으로 내 목뒤 좀
찍어줄래?"

수민은 두말없이 그렇게 했다. 동한은
수민이 휴대전화 카메라로 찍어준 사진을
물끄러미 보다가 고개를 끄덕였다. 상처에서
새어 나오는 붉은빛은 없었다. 스위치 오프.
프레디의 생은 다했다. 몸의 느낌으로도
분명히 알 수 있었다. 프레디가 살아 있을
때의 은은한 전기적 신호 같은 것이 아예
사라져 있었다.

동한은 어기적거리며 천천히 시술대를
내려왔다. 부축하는 수민의 손을 잡은 채였다.

"이제 그만 갈까, 친구야."

"응."

수민은 더 묻지 않았다. 연구실을 걸어
나가는 두 사람 뒤로 서윤이 말했다.

"어딜 가요? 곧 경찰이 올 거예요. 당신은
용의자예요. 도주하는 건가요?"

동한은 돌아보았다.

"연구실 안에는 CCTV가 있습니다. 정조교님도 알죠? 경찰이 오면 건네주세요. 돌려보면 적어도 박사님을 내가 죽이지 않았다는 건 아실 겁니다."

서윤은 입을 조금 벌렸다. 말도 합리적이었지만, 어투나 태도가 달라져 있었다. 거역할 수 없는 상관의 말처럼, 뭐라 반박하기 힘들었다. 이전의 그 어리바리한 동한과는 다른 사람 같다. 깨달음을 얻고 난 후의 수행자가 이럴까.

"칩은 다른 날 제거해주세요. 곧 경찰이 올 테니 지금은 그럴 여유도 없고, 어차피 연구의 결실이니까 회수를 안 하시지는 않겠죠? 오늘은 좀 힘들어서 먼저 돌아갈게요."

동한은 수민과 발걸음을 나란히 하며 연구실을 나섰다.

"갈까."

응, 하고 수민은 대답하며 진저리를 치듯 어깨를 으쓱했다.

"실은 나 벌벌 떨었어. 전기충격기인가 이거 써보는 거 처음이었거든. 게다가 너한테 쓰라니. 내가 안 썼으면 어떻게 되는 거야?"

"그런 생각은 하지 않았어."

"왜?"

"믿었으니까."

수민은 수줍은 듯 미소 지으며 동한의 팔을 끌었다.

"돌아가자. 편안한 네 집에 가서 푹 자. 좋은 꿈도 꾸고."

"아니."

동한은 고개를 저었다.

"왜?"

"꿈은 질렸어."

"질려?"

"지금이 좋아."

동한은 수민을 보며 따뜻하게 웃었다.

수민은 마주 보며 고개를 끄덕였다.

왠지 지금은 그래도 될 것 같다.

수민은 빙그레 웃으며 동한의 허리에
팔을 둘렀다.

wefic - 13

애니

초판 1쇄 인쇄 2023년 4월 24일
초판 1쇄 발행 2023년 5월 17일

지은이 도진기
펴낸이 이승현

출판2 본부장 박태근
스토리 독자 팀장 김소연
편집 강소영 곽선희 김혜지 이은정 조은혜
디자인 이세호

펴낸곳 ㈜위즈덤하우스 **출판등록** 2000년 5월 23일 제13-1071호
주소 서울특별시 마포구 양화로 19 합정오피스빌딩 17층
전화 02) 2179-5600 **홈페이지** www.wisdomhouse.co.kr

ⓒ 도진기, 2023

ISBN 979-11-6812-713-5 04810
          979-11-6812-700-5 (세트)

값 13,000원